(Par P. E. d'Anel-Conty
Pierre-Thomas A.)

LE MESSIE,

POËME

EN DIX CHANTS;

TRADUIT DE L'ALLEMAND

DE

M. KLOPSTOCK.

PREMIERE PARTIE.

A PARIS,

Chez VINCENT, Imprimeur-Libraire de Mgr le Comte de PROVENCE, rue S. Severin.

M DCC LXIX.

Avec Approbation, & Privilége du Roi.

AVERTISSEMENT.

M. BODMER, le critique le plus éclairé & le plus profond qu'ait eu l'Allemagne, dans le huitieme Chant de ſon Poëme de NOÉ, ouvrage eſtimé des connoiſſeurs, feint que DEBORA, femme de SEM, avoit ſauvé du déluge & dépoſé dans l'arche les Odes d'ELIHU, le premier des Poëtes & que les patriarches honoroient du nom de DIVIN; que ces poëſies ſacrées, contenues en deux gros volumes ou rouleaux formés de feuilles de l'arbre appellé PAPYRUS, s'étoient conſervées long-tems parmi les deſcendans de Sem & de Debora ; mais que les mœurs s'étant inſenſiblement corrompues, les ouvrages d'Elihu s'étoient perdus avec tous les arts que l'homme, éclairé alors par l'expérience d'une vie de pluſieurs ſiécles, avoit portée à une perfection dont l'homme d'aujourd'hui ne peut pas même ſe faire une idée ; qu'un ſéraphin avoit recueilli ces Odes cachées ſous la pouſſiere, & les avoit portées au ciel, où elles ſont les délices des anges & des bienheureux qui les chantent ſans ceſſe. Après avoir déploré cette perte irréparable pour le genre humain, M. Bod-

MER, dans une espece d'enthousiasme prophétique, s'écrie : « Hélas ! un jour viendra, » & ce jour arrivera avant la » veille du jugement du monde, » avant que le ciel & la terre » périssent, où tes chants, immortel Milton, seront ensevelis dans les ténébres de » l'oubli par les artifices de la stu» pide ignorance ! Mais ni la » main destructrice du tems, ni » tous les efforts réunis de la ma» lice humaine ne réussiront ja» mais à y plonger, avant la » destruction de la terre, les » chants divins * *du Sang de* » *l'alliance*. Dieu lui-même les

* Le Poëme du Messie.

» conſervera : il ordonnera à » Eloa, le protecteur de no» tre globe, de les enlever ſur » ſes aîles, & de les ſauver des » ruines du monde. »

On a cru ne pouvoir mieux faire connoître l'admiration des Allemands pour le Poëme du Meſſie, qu'ils mettent au deſſus de l'Iliade, que par ce morceau ſingulier de M. BODMER, auquel toute l'Allemagne a applaudi.

Il y a long-tems que le Public François feroit en état de juger par lui-même, ſi les louanges prodiguées à M. Klopſtock, & par ſes compatriotes & par tous les Journaux de l'Europe, ne ſont pas exagérées ; mais malheureusement M. d'Antelmy, Professeur de Mathématiques à l'Ecole-Royale-Militaire, qui a inséré des fragmens du Poëme du Messie, dans le Journal des Sçavans, & qui s'étoit comme engagé, dès l'année 1763, d'en donner la traduction, a été détourné de ce travail par d'autres occupations auxquelles il se devoit tout entier par état. Il avoit achevé la traduction littérale de cet ouvrage, pour laquelle il avoit trouvé dans M. Junker, Professeur de Langue Allemande, tous les secours qu'il avoit desirés, lorsqu'il s'est vu obligé d'y renoncer, & de prier un ami de vouloir bien remplir la ſorte d'engagement qu'il avoit pris avec le Public.

Les perſonnes verſées dans la littérature Allemande, & qui ont fait une étude particuliere du Poëme du Meſſie, connoîtront la difficulté d'une pareille entrepriſe. Malgré les peines qu'on s'eſt données, & les ſoins de M. Junker, le ſeul Allemand en état, peut-être, de développer & de faire ſentir à un François toute l'énergie & le ſublime des beautés de l'original, on eſt bien éloigné de ſe flatter de les avoir fait paſſer dans la traduction ; c'eſt un ſuccès que M. Klopſtock auroit pu ſe promettre à peine, s'il ſçavoit également les deux Langues, & qu'il eût voulu ſe traduire lui-même.

Si on a réuſſi à être intelligible, choſe qui n'a pas toujours été facile ; & ſi on a mis le Lecteur en état de juger de la marche de ce Poëme célébre, & d'entrevoir le génie de ſon auteur, on a rempli l'objet qu'on s'étoit propoſé.

CHANT

CHANT PREMIER.

ARGUMENT.

Le Messie s'éloigne de la populace de Jérusalem, & va sur la montagne des Oliviers, où il promet de nouveau à son Pere, dans une priere solemnelle de racheter le genre humain. Dès cet instant, les souffrances de la rédemption se font sentir à son ame. Il envoie Gabriel porter sa priere devant son Pere, afin que tous les habitans des cieux & les patriarches soient instruits de sa résolution. Description des cieux. Gabriel arrive par un chemin bordé de soleils, qui descendoit autrefois vers Eden. Il reste, pendant quelque tems, à l'entrée du ciel, d'où il entend le cantique que les anges y chantent sans cesse. Éloa, le ministre le plus affidé du Très-Haut, reconnoît Gabriel, vole à lui & le conduit à l'autel du Messie. Gabriel y offre de l'encens & y répete la priere du Messie. Les cieux en silence attendent la réponse de Dieu. Dieu entr'ouvre le Saint des Saints par des coups de ton-

nerre, pour préparer les cieux à sa réponse. Le séraphin Eloa & le chérubin Urim s'entretiennent de ce qu'ils voient dans le Saint des Saints. Dieu parle. Sur un signe de Dieu, Eloa fait connoître les volontés de son Maître. Gabriel reçoit des ordres particuliers pour Uriel, l'ange du soleil, & pour les anges de la terre, concernant les prodiges qui doivent arriver à la mort de l'Homme-Dieu. Les anges se dispersent dans les cieux, pour la célébration du second sabbat. Gabriel descend sur la terre : il trouve le Messie endormi, & lui rend compte de son message. De-là il se rend auprès des anges tutelaires de la terre. Il descend dans leur demeure, placée au centre de la terre, par une ouverture qui est dans le pole du nord. Description de ces lieux souterreins. Il y trouve les anges rassemblés sur un soleil, avec les ames des enfans confiées à leurs soins. Il part & se rend au soleil qui éclaire le globe de la terre, où il trouve les ames des patriarches rassemblées autour d'Uriel.

LE MESSIE.

CHANT PREMIER.

AME immortelle, chante la rédemption de l'homme coupable, accomplie sur la terre, par le Fils de Dieu, revêtu de la nature humaine ; chante la sainte alliance cimentée par son sang ; annonce à la postérité d'Adam cette nouvelle preuve de l'amour de son Créateur.

L'enfer en vain deploie sa rage ; envain toute la Judée se souleve contre le Messie ; les décrets de l'Eternel s'exécutent ; le grand ouvrage de la réconciliation est consommé.

Mais la poësie osera-t-elle porter ses regards sur un mystere que Dieu seul connoît dans toute son étendue ? Toi, devant qui je me prosterne, Esprit saint, conduis-la vers moi comme ton interprète ; ornes-la de tous tes attraits ; donne-lui ta force victorieuse & ta beauté immortelle. Embrase-la de ton feu divin, fais-la pénétrer avec toi dans les abysmes de l'infini. Tu peux, quand tu le veux, sanctifier l'homme, cet atome tiré de la poussiere, & tu te fais un temple de son cœur : daigne purifier le mien ; alors j'oserai, quoique d'un pas mal assuré, entrer dans la carriere redoutable qui s'ouvre devant moi ; alors, avec la voix tremblante d'un mortel, j'oserai chanter un Dieu réconciliateur.

Si vous êtes sensibles à l'honneur qui illustre votre race, depuis que le Créateur du monde est venu sur la terre, en qualité de Redempteur, mortels, prêtez l'oreille à mes accens ; & vous, petit nombre d'ames pieuses, vous à qui la société du Sauveur est si chere, vous qui vous êtes familiarisées avec la grande idée d'un jugement dernier, écoutez-moi, & rendez hommage au Fils de l'Eternel, par une vie semblable à la sienne.

Près de cette ville, jadis si sainte, mais plongée alors dans un aveuglement qui lui faiſoit rejetter la couronne de l'auguſte élection qui lui étoit offerte ; près de cette ville où Dieu réſidoit autrefois dans toute ſa gloire, qui fut le berceau des patriarches, & qui étoit devenue un temple ſouillé de ſang répandu par le meurtre, le Meſſie s'arracha aux empreſſemens d'un peuple qui affectoit de le révérer encore ; mais ce culte n'étoit plus qu'un culte extérieur, & l'œil de la Divinité perçoit dans l'ame de ces profanes. En vain la multitude, qui l'environnoit jettoit des palmes devant ſes pas : en vain elle faiſoit retentir les airs de ſes acclamations ; elle ne connoiſſoit pas en effet celui qu'elle appelloit *roi ;* elle ne diſtinguoit pas le Fils de Dieu, dans la perſonne du Meſſie. Dieu lui-même étoit deſcendu du ciel. Cette voix puiſſante, « Voici celui que j'ai glorifié & que je glorifierai de nouveau, » avoit annoncé ſa préſence ; mais elle n'avoit pas été entendue par ces hommes corrompus : leur ame, degradée par le peché, n'avoit pu s'élever juſqu'à comprendre la Divinité. Cependant Dieu le Pere, indigné contre ce peuple, auquel il avoit inutilement voulu faire entendre sa voix, étoit remonté au ciel, lorsque son Fils s'approcha de lui, pour lui renouveller d'une maniere solemnelle la résolution où il étoit de consommer la rédemption du genre humain.

Vers la partie orientale de Jérusalem, s'éleve une montagne sur laquelle, caché comme dans le sanctuaire de Dieu, le Messie avoit souvent passé solitairement les nuits en prieres sublimes, sous les regards de son Pere. Il se rend à cette montagne, accompagné d'un seul de ses disciples, du pieux Jean, qui le suit jusqu'aux tombeaux des prophètes, pour unir ses prieres à celles de son ami divin. Le Messie s'avance & gagne le sommet de la montagne. La lueur des feux qui consumoient les victimes qu'on immoloit au haut de Moria, offrandes qui réconcilioient encore figurément la race humaine avec son Créateur, se refléchit autour de lui. Il s'enfonce dans le bois d'oliviers; la fraîcheur le pénètre de toute part; le souffle des zéphyrs, dont le murmure étoit semblable à ce doux frémissement qu'éprouvent les airs sous les pas du Maître du monde,

couloit autour de ſon viſage. Gabriel, ce ſéraphin envoyé du ciel vers le Meſſie, pour exécuter ſes ordres *ſur la terre, ne le perdoit pas de vue. Il s'étoit arrêté près de deux cèdres odoriférans, qui formoient l'entrée du jardin. Là, dans une attitude pleine de reſpect, il méditoit ſur le ſalut des hommes & ſur le triomphe des cieux, lorſque le Sauveur en ſilence paſſa devant lui. Gabriel ſçait que le moment de la rédemption approche : cette penſée le remplit de joie ; il s'avance vers Jeſus, & lui dit avec attendriſſement :
» Viens-tu paſſer ici la nuit en prieres, » ô mon divin Maître ! ou ton corps » épuiſé de fatigue aſpire-t-il après le » ſommeil ? Le jour commence à pa» roître : on diſtingue déja la tête ſu» perbe des cèdres, & les tendres ra» meaux des arbuſtes d'où découle le » beaume. Raſſemblerai-je de cette » mouſſe fraîche & molle, qui tapiſſe » la terre auprès des tombeaux des pro» phètes, pour repoſer ta tête immor» telle ?... Dans quel accablement je » te vois ? Combien de maux, hélas ! te » fait ſouffrir l'amour qui te conſume » pour la poſtérité d'Adam ? »...

Gabriel dit; & le Rédempteur sensible laisse tomber sur lui le regard d'un Dieu qui bénit. D'un air majestueux & réfléchi, il s'arrête au haut de la montagne, dans le lieu le plus voisin du ciel où réside l'Eternel. Il prie; la terre tressaille sous lui: une allégresse universelle se répand dans toute la nature. Les prieres du Sauveur pénètrent jusqu'aux profondeurs de l'abysme. Ce ne sont plus ces paroles qui consternoient la terre; ce n'est plus cette voix menaçante qui annonçoit la malédiction, au milieu des tempêtes, parmi le feu des éclairs, & le bruit du tonnerre; c'est la voix d'un Dieu bienfaisant qui vient consoler l'univers, & lui rendre une beauté immortelle. Déja les collines d'alentour, embaumées des exhalaisons du matin qui se répandent comme un torrent leger, paroissent créées de nouveau, & sont la brillante image du jardin délicieux d'Eden. Jesus parle: son Pere & lui peuvent seuls pénétrer dans le sens infini de ce qu'il dit. Voici ce que la voix de l'homme peut en rapporter.

» Pere céleste, ces jours destinés à
» un ouvrage plus sublime encore que

» celui de la création que nous achevâmes ensemble, les jours du salut & de l'alliance éternelle s'approchent enfin. Ils paroissent à mes yeux, aussi beaux aujourd'hui, aussi magnifiques qu'ils étoient, lorsque la Science divine nous les fit découvrir dans l'immensité des tems. Toi seul, tu sçais, ô mon Pere! avec quel concert unanime la rédemption fut résolue entre toi, l'Esprit & moi. Rien n'existoit. Nous étions seuls dans le calme de l'éternité, lorsque remplis d'amour divin, nous jettâmes les yeux sur les hommes qui n'étoient pas encore.....
» Heureux enfans d'Eden! créatures chéries! nous les vîmes un moment revêtus de l'immortalité, mais bientôt déchus de cet état de splendeur; rempans dans la poussiere, & défigurés par le péché. Je fus sensible à leur misère, & tu vis mes larmes; tu dis alors: Renouvellons dans l'homme l'image de la Divinité! La rédemption fut arrêtée entre nous: je m'offris moi-même; j'offris mon sang pour ce grand sacrifice. Tu le sçais, Pere éternel; les cieux le sçavent aussi, avec quelle ardeur j'ai,

» depuis ce moment, desiré l'arrivée
» des jours de mon humiliation. Com-
» bien de fois, ô terre! n'as-tu pas été,
» malgré ton néant, l'objet chéri de
» mes regards? Canaan, région sainte,
» combien de fois mes yeux se sont-ils
» remplis de douces larmes, en se fixant
» sur cette montagne que je voyois
» déja couverte du sang de l'alliance?
» Mon cœur se remplit de joie, quand
» je me rappelle combien il y a déja
» de tems que je suis homme; quand
» je considere le nombre des justes
» qui se sont déja rassemblés sur mes
» pas, & quand je pense que bientôt
» toutes les générations seront sancti-
» fiées en moi. Me voici prosterné
» devant toi, Pere divin: j'y parois
» encore brillant des traits de l'huma-
» nité que tu ornas de ton image;
» mais bientôt, hélas! ces traits se-
» ront defigurés & ensanglantés: bien-
» tôt ton jugement redoutable va
» m'ensevelir sous la cendre des morts.
» O Juge inexorable des mondes, je
» t'entens déja venir dans le lointain;
» ta marche fait retentir les cieux. Le
» frémissement, qui me glace, ne peut
» être senti que par moi: un esprit,

» quel qu'il ſoit, n'en pourroit éprou-
» ver un ſemblable, quand il te verroit
» prêt à l'exterminer, dans les transports
» de ta fureur. Déja le jardin où je
» prie, ſe couvre de ténèbres & ſe dé-
» robe à mes yeux : je tombe devant
» toi, couché ſur la pouſſiere, & je
» m'y agite, en t'adorant dans les ſueurs
» de la mort. Me voilà prêt, ô mon
» Pere, à ſupporter les traits de ta co-
» lere toute-puiſſante, à ſubir tes ju-
» gemens dans la plus profonde obéiſ-
» ſance. Tu es éternel : aucun être
» fini ne peut ſoutenir ni comprendre
» le courroux de l'Infini, lorſqu'il eſt
» terrible & qu'il frappe : un Dieu ſeul
» pouvoit s'offrir aux coups d'un Dieu ;
» je m'offre aux tiens : donne-moi la
» mort, & reçois mon ſang comme
» une offrande qui te réconcilie éter-
» nellement avec la nature humaine.
» Je ſuis encore libre : ſi je diſois un
» mot, les cieux s'entr'ouvriroient,
» il en ſortiroit des millions de ſéra-
» phins qui me rameneroient en triom-
» phe vers ton thrône ; mais je veux
» ſouffrir, & ſouffrir ce qu'aucun ſéra-
» phin n'eſt en état de concevoir ; je
» veux ſouffrir ce qu'aucun chérubin

» ne peut même entrevoir dans ses mé» ditations les plus profondes. Je su» birai, ô mon Pere ! oui je subirai la » mort la plus terrible. Je leve ma » tête vers le ciel ; j'étends ma main » dans les nuës, & je te le jure par moi, » qui suis Dieu comme toi : je veux » racheter les hommes. »

Après ce serment solemnel, Jesus se leve ; la sérenité de l'ame se confondoit sur son visage avec les traits de la majesté & le sentiment réfléchi de la compassion satisfaite. Ce mêlange auguste & touchant échappa aux yeux des anges même ; il ne fut apperçu que par Dieu. L'Eternel tourna sa face étincelante vers le Messie, & dit : » J'étends ma tête à travers les cieux, » & mon bras dans l'immensité, & je » dis : Je suis éternel ; je dis, & je te » jure, ô mon Fils ! que je pardonne» rai aux hommes. » Il dit, & se tut.

Tandis que les Eternels parloient, un tremblement, plein de respect, se fit sentir dans toute la nature : les ames qui, dans ce moment, recevoient l'existence, & qui n'avoient encore éprouvé aucun sentiment, éprouverent celui de l'effroi. Le séraphin se trouble &

s'égare ; le globe confié à ses soins, reste dans l'inaction & le silence, comme la terre interdite à l'approche de l'orage. Les ames des futurs Chrétiens s'ouvrirent seules à un ravissement, à une douce yvresse qui étoit comme l'avant-goût de la béatitude éternelle. Mais les puissances des enfers, ces victimes infortunées du désespoir, ne pouvant rien opposer aux décrets du Tout-puissant, se précipiterent de rage du haut de leurs thrônes enflammés : des rochers énormes se détachent sur eux, les entraînent & les ensevelissent au fond de l'abysme, dont les voûtes s'entr'ouvrent & s'écroulent. Un long mugissement, semblable au bruit de la foudre, retentit dans les gouffres de la nuit éternelle.

Le Messie étoit encore en présence de son Pere, lorsqu'il éprouva les premieres souffrances du sacrifice auquel il s'étoit offert. Gabriel, prosterné le visage contre terre, adoroit dans l'éloignement. Son ame, créée depuis plus de tems que l'esprit de l'homme n'est capable d'en concevoir, lorsque degagé de la matiere, il s'élance, sur des aîles de feu, dans les profondeurs de l'éternité; son ame alors étoit agitée par des pensées qui jusques là lui avoient été inconnues. Il pénétroit dans les secrets de la Divinité : le mystère de la rédemption, les thrésors de la vie éternelle procurée aux élus par l'effusion du sang de Jesus-Christ, tout se développe à ses regards. L'Eternel qui, dans ce moment, se considéroit comme le misérateur de tous les êtres, éclairoit le séraphin, & faisoit naître en lui toutes ces idées sublimes, dont lui-même étoit l'objet. Gabriel se leve : il s'agite; il s'étonne; il admire; il adore. Son cœur palpite d'une joie inexprimable; la terre se dissout sous ses pieds en torrens de lumiere : il paroît, aux yeux du Médiateur, environné d'un éclat éblouissant, qui se répand sur tout le sommet de la montagne.

» Gabriel, lui dit le Messie, tempere cet éclat dont tu brilles; il ne » convient pas au ministere dont l'E- » ternel t'a chargé ici-bas : prépare- » toi à paroître devant mon Pere; » portes-lui ma priere : que les cieux » soient instruits que je me rends la » victime expiatrice des crimes de la » terre; vas apprendre aux patriarches,

» aux plus dignes de tous les humains, » que les tems, qu'ils ont desirés avec » tant d'ardeur, sont enfin arrivés. Pars; » c'est-là que tu brilleras entre les an» ges, comme l'envoyé du Réconcilia» teur. »

Le séraphin s'élance dans les airs: Jésus le suit des yeux, du haut de la montagne, & voit déja tout ce qui doit résulter de son message auprès du siége de la gloire de Dieu, avant même que le séraphin, dans son vol rapide, soit parvenu aux confins des cieux.

Alors s'élevent, entre le Pere & le Fils, de nouveaux entretiens, dont le contenu sublime & le sens infini sont impénétrables aux immortels même; mais un jour ce sera pour les élus un nouveau sujet de glorifier leur Rédempteur, en présence de tous les rachetés.

Cependant Gabriel traverse les airs avec l'éclat & la célérité du matin: il arrive dans cet espace circulaire, où brillent des soleils sans nombre, dont les rayons entrelacés & confondus forment autour du ciel comme un voile tissu de lumiere. Notre globe, ni les planètes, dont il est environné, ne pourroient soutenir le regard destructeur de ce ciel brûlant. A peine on découvre de-là les différens globes épars dans l'univers. Leur petitesse & la rapidité de leurs mouvemens les rendent imperceptibles. Ils ne paroissent que comme la poussiere remplie d'insectes, qui s'éleve en tourbillons, & retombe sous les pieds du voyageur. Mille chemins différens, bordés de soleils, & dont l'esprit ne peut mesurer l'étendue, s'ouvrent autour de l'immensité des cieux.

De l'un de ces chemins radieux, tourné vers la terre, couloit autrefois dans Eden, depuis la création, un torrent de lumiere émanée de la source céleste. C'étoit par cette route formée de nuages éthérés, que Dieu & les anges se communiquoient aux hommes, & venoient s'entretenir familiérement avec eux. Mais ce torrent se retira vers sa source, lorsque l'homme, par le péché, se rendit ennemi de son Maître. Les immortels ne voulurent plus fréquenter, dans leur beauté visible, ces contrées souillées par le crime & dévastées par la mort : ils s'en détournerent avec horreur. Ces montagnes paisibles où les vestiges de l'Eternel étoient encore imprimés ; ces forêts que l'arrivée du Très-Haut agitoit d'un doux frémissement ; ces vallons fortunés que la jeunesse du ciel se plaisoit à visiter ; ces bosquets, ces ombrages sous lesquels l'homme innocent, dans l'yvresse de tous les sentimens heureux, rendoit grace, avec des larmes de reconnoissance, au Maître bienfaisant, qui l'avoit créé immortel ; tous ces enchantemens étoient détruits ; la terre entiere gémissoit sous la malediction ; elle n'étoit plus qu'un vaste tombeau pour ses enfans devenus la proie de la mort. Mais un jour que les mondes renouvellés sortiront triomphans des cendres du jugement dernier, & que Dieu, d'un coup d'œil tout-puissant, aura réuni les globes divers avec le ciel qu'il habite ; alors le torrent éthéré retombera de sa source céleste vers un nouvel Eden : ses rives, plus brillantes que jamais, seront sans cesse fréquentées par les habitans des cieux, qui viendront chercher sur la terre la société des nouveaux immortels.

C'est par cette route sacrée que Gabriel continue sa marche, & s'approche de loin du ciel de la gloire de Dieu.

Au centre de l'assemblage des soleils, s'éleve un globe immense & radieux, le modèle primitif de tous les mondes, le ciel, cette image pleine & parfaite de toutes les beautés sensibles. Les rayons de tous ces astres étincellans, dont il est environné, après s'être répandus à travers l'espace infini, se rassemblent autour de lui, & y forment un nouveau globe de lumiere. Quand le ciel se meut, l'harmonie, qui résulte de ses mouvemens, se communique aux sphères voisines ; & les vents bruyans la portent sur leurs aîles jusqu'à l'extrémité des rivages bordés de soleils. Les chœurs célestes accompagnent cette harmonie de leurs divins accords. L'Eternel sourit à ces cantiques qui célèbrent sa gloire : il prend, à les entendre, le même plaisir qu'il prend à considérer la beauté des ouvrages sortis de ses mains.

Toi, qui jouis de la vue de Dieu, compagne des immortels, toi qui entends & qui me répetes les cantiques célestes, Muse de Sion, redis-moi l'hymne que les cieux chantoient alors.

» Nous te saluons, séjour auguste & » saint, que Dieu remplit de sa pré- » sence ! Ici nous voyons le Très-Haut, » tel qu'il a été, qu'il est, & qu'il sera. » Nous voyons le Très-Heureux sans » voile : l'univers où il s'est peint, ne » donne qu'une idée imparfaite de sa » magnificence. Nous te contemplons » au milieu de tes élus, que tu as jugé » dignes de jouir de ton divin aspect. » Que tu es grand ! que tu es parfait ! » Le ciel, à la vérité, te donne un nom ; » il appelle *Jéhova* celui qui est ineffable. » Dans nos concerts animés par tous les » efforts de l'harmonie, nous nous ex- » citons à chercher ton image, mais » en vain : tes propres pensées, tournées » sur ta gloire, peuvent à peine s'entre- » tenir de ta divinité. O Eternel ! l'idée » de ta perfection n'existe que dans toi- » même. La moindre réflexion que tu » fais sur ton être admirable, est plus » élevée, plus sublime & plus sainte » que la contemplation que tu laisses » tomber sur les ouvrages de tes mains. » Cependant tu as voulu voir des êtres » hors de toi, & tu as fait descendre sur

» eux ton souffle vivifiant. Tu créas d'a-
» bord le ciel ; tu nous créas ensuite,
» nous, les habitans du ciel. Que vous
» étiez encore loin d'être appellés à
» l'existence, toi, terre, récemment
» formée ; toi, soleil ; & toi, lune,
» flambeaux de la terre heureuse !

» Premier ouvrage de la création,
» réponds, ô ciel ! Qu'éprouvas-tu,
» lorsque tu sortis du néant ? lors-
» qu'après toute une éternité, Dieu
» s'abaissa jusqu'à toi, & te consacra
» pour être la résidence de sa Majesté ?
» Ton globe immense n'avoit pas en-
» core achevé de prendre sa forme ;
» la voix créatrice se mêloit encore au
» bruit des mers crystallines : leurs ri-
» vages entassés les uns sur les autres,
» comme des mondes, entendirent cette
» voix ; mais aucun immortel ne l'en-
» tendit encore. Seul, & plein de gra-
» vité, alors, ô Créateur ! tu te contem-
» plas quelque tems sur ce thrône su-
» blime que tu venois de t'élever...
» Volez au-devant de la Divinité pen-
» sive, vous, séraphins, esprits céles-
» tes qu'il créa alors ; vous qu'il rem-
» plit de cette intelligence, de cette
» force active & puissante qui vous

» font saisir dans vos adorations les » pensées qu'il se plaît à produire en » vous, & dont lui-même est l'objet. » Que des chants solemnels de recon» noissance & de joie te célèbrent à » jamais, ô principe de tous les êtres! » Tu dis à la solitude : Ne sois plus ; » aux cieux : Devéloppez-vous, Gloire » à l'Eternel ! »

Pendant ce cantique que les chœurs célestes chantent toujours après le *trisagium* ; dans le moment où les séraphins en silence s'enyvrent des délices dont les inonde le regard par lequel le Tout-puissant applaudit à leurs chants, l'auguste envoyé du Médiateur étoit parvenu à l'un des soleils les plus voisins du ciel. Dieu l'apperçut ; les anges le virent aussi qui adoroit à genoux : il eut le bonheur de contempler la Majesté divine, pendant autant de tems qu'en met un chérubin à prononcer deux fois le nom de *Jéhova*, & la formule d'adoration dont les cieux saluent l'Eternel.

Le premier-né des Thrônes, celui que Dieu honore du nom de son *élu*, & que les cieux appellent *Eloa*, descendit vers Gabriel, pour le conduire avec appareil devant le Très-Haut. Il est le plus parfait des esprits que Dieu créa, & le plus semblable à l'Incréé. Chacune de ses pensées est aussi sublime que l'ame entiere de l'homme, lorsque, digne de son origine immortelle, elle se plonge dans les profondeurs de la méditation. Ses regards ont la douce sérénité d'une belle matinée de printems : il est plus brillant que les astres, lorsque, dans leur éclat naissant, ils firent, pour la premiere fois, étinceller leur lumiere devant le thrône de l'Eternel. Dieu le créa le premier : il le revêtit d'un corps éthéré, formé des rayons les plus purs de l'aurore. Un ciel de nuées l'enveloppoit au moment qu'il parvint à l'existence. Dieu, en le tirant du sein des nuées, le bénit, & lui dit : « Créature, me voici. » Eloa apperçoit l'Eternel. Immobile, il le contemple plein de ravissement ; il le contemple encore. Mais trop foible pour soutenir tant de Majesté, il tombe absorbé, & perdu dans la vue du Très-Haut. Enfin il parle : il exprime les pensées ; il peint les sentimens sublimes & nouveaux, qui agitent sa grande ame... Avant que le Chrétien le plus parfait éprouve de pareils ſentimens, tous les mondes périront & ſortiront de nouveau de leurs cendres ; & des ſiécles ſans nombre s'écouleront dans les abyſmes de l'éternité.

Eloa, dans toute ſa beauté céleſte, quitte ſon ſiége ; & porté ſur des rayons rajeunis, il s'avance vers Gabriel, pour le conduire à l'autel du Rédempteur. Il étoit encore éloigné du ſéraphin, lorſqu'il le reconnut. Enchanté de retrouver un de ces immortels avec qui il avoit parcouru autrefois les divers ouvrages de la création, & vu les habitans de tous les mondes ; avec qui il avoit achevé des choſes plus inimitables que toutes ces actions admirées par leſquelles les plus grands génies ont illuſtré la race humaine, il ouvre ſon cœur à la joie. Le ſentiment de l'amitié ajoûte un nouvel éclat à leur beauté : ils volent rapidement l'un vers l'autre, les bras ouverts ; l'expreſſion du deſir & la tendreſſe brille dans leurs regards divins ; leurs ames s'uniſſent & ſe confondent dans leurs embraſſemens. C'eſt ainſi que deux freres vertueux, après s'être ſignalés par des exploits immortels, & tout couverts encore du ſang qu'ils ont verſé en combattant en héros pour leur patrie, ſe retrouvent & s'embraſſent avec tranſport, ſous les yeux de leur pere qui eſt encore plus grand qu'eux. Dieu les voit dans l'éloignement, & les bénit. C'eſt ainſi que les deux ſéraphins s'avançoient vers le thrône céleſte, & qu'ils arriverent à l'entrée du ſanctuaire de Dieu.

Autour de la gloire de Dieu, repoſe ſur une montagne céleſte la nuit du Saint des Saints; la lumiere la plus brillante environne au dedans le myſtere de la Divinité; une obſcurité redoutable dérobe aux anges même la vue de l'intérieur. Mais quelquefois le Tout-puiſſant ouvre par un coup de tonnerre, le voile ténébreux dont il eſt enveloppé: il ſe fait voir aux habitans des cieux, qui le célèbrent & l'adorent.

Tout-à coup l'autel du Médiateur dégagé des nuages qui le couvroient, ſe préſente comme une montagne aux yeux de Gabriel, à l'entrée du ſanctuaire. Il s'en approche, dans toute la pompe & tout l'éclat d'une fête ſolemnelle: il portoit en ſes mains deux vaſes d'or, d'or, remplis d'un encens sacré. Tandis que, d'un air grave & majestueux, le séraphin sacrifiant se tient au pied de l'autel ; Eloa, à ses côtés, tiroit des sons de sa harpe divine, pour préparer son esprit à la sublime priere. Entraînée par la puissance de l'harmonie, son ame s'éleve & se remplit de sentimens pieux ; semblable à l'Océan qui s'agite & bouillonne, lorsque la voix du Seigneur vole sur lui dans les tempêtes. Alors l'Eternel entendit tes prieres, ô Messie! & tous les cieux les entendirent, Dieu lui-même allume d'une maniere miraculeuse le feu du sacrifice. Semblables à un ciel de nuées, qui s'éleveroit de la surface de la terre, les tourbillons d'une fumée sainte accompagnent, dans un calme profond, la priere du Sauveur, & la portent insensiblement, & par degrés, jusqu'aux oreilles de son Pere. Attentif aux vœux du Messie, qui, dans toute la plénitude de son ame, lui demandoit le salut du genre humain, Dieu le Pere avoit eu constamment jusques-là, son regard fixé vers la terre ; mais alors il le tourna de nouveau vers le ciel. Ses habitans volent au-devant du regard de la Divinité, & adorent.

Le silence régnoit dans la vaste étendue des cieux. Le cèdre céleste n'agitoit pas ses branches; l'Océan restoit suspendu contre ses hauts rivages; le vent vivant de Dieu, les aîles étendues, se tenoit immobile entre les montagnes d'airain... Tandis que tout attendoit la parole de l'Eternel, un orage descendit lentement du sanctuaire, accompagné de tonnerres précurseurs d'une réponse divine. Quand ils eurent cessé de gronder, le voile, qui couvre Dieu, se déchira avec éclat, & d'une maniere révélante, à la face des Thrônes, pour préparer les cieux aux hautes pensées de l'Eternel. Alors le chérubin Urim, un des confidens les plus intimes de l'Etre suprême, d'un air majestueux & grave, se tourne du côté d'Eloa, & lui dit: « Eloa, que » vois-tu? » Eloa se leve, marche lentement en avant, & dit:

» Je vois, dans l'éloignement, suspen» dues aux colomnes d'or, les tables » mystérieuses sur lesquelles sont gra» vés les décrets de la Providence.

» Je vois les livres de vie, qui s'ouvrent » sous le souffle des vents puissans, & » présentent les noms des Chrétiens fu» turs; noms nouveaux, & qui portent » avec eux le sceau de l'immortalité & » de la gloire éternelle. Semblables » aux drapeaux déployés des séraphins » armés pour la victoire, les livres du » jugement dernier s'ouvrent d'une » maniere redoutable. Que cet aspect » est terrible & meurtrier pour les ames » viles, qui se sont révoltées contre » Dieu ! ... La Divinité se développe » à mes regards. Je vois, à travers le » nuage argenté, les chandeliers bril» ler dans un saint calme. Ces emblê» mes divins des véritables églises, & » des héritiers de la filiation éternelle, » brillent en aussi grand nombre que » les perles de la rosée, dont le matin » couvre les montagnes. Compte, » Urim, compte le nombre sacré des » élus .... Les mondes, répondit Urim, » les actions couronnées des anges, » leurs joies, nous pouvons les comp» ter; mais qui pourroit compter les » suites de la rédemption & les misé» ricordes de Dieu ? Je vois, conti» nue Eloa, le tribunal de l'Eternel.

» Que tu es redoutable, ô Juge des » mondes! Contemple, ô Messie, la » face de ce tribunal effrayant d'où » part la mort, où s'allume le brasier » de la vengeance : un tems vivant » d'orage se souleve dans des nuages » tonnans... Arrête, ô Messie! arrête, » ô Juge des mondes! Retiens ton » bras armé pour la destruction. »

Tandis que Urim & Eloa parloient ainsi, sept fois la foudre avoit entr'ouvert la sainte obscurité; la voix de l'Eternel descendit avec un doux frémissement, & fit entendre ces mots :

» Dieu, par son essence, est tout » amour. Tel j'étois avant l'existence » de mes créatures; tel j'étois en » créant les mondes; & dans ce mo» ment où j'acheve la plus grande & » la plus mystérieuse de mes actions, » je suis encore le même. Mais la » mort de mon propre Fils va me faire » connoître tout entier, en qualité de » Juge des mondes; & vous adresserez » de nouvelles prieres au Dieu sévère » & redoutable. Si, quand je pronon» cerai l'arrêt de mon Fils, mon bras » ne vous soutenoit pas, vous péri» riez tous à l'aspect de cette mort

» terrible, car vous êtes tous finis. »
L'Eternel se tut.

Les cieux, saisis d'étonnement & d'admiration, se prosternerent les mains jointes. Dieu fit signe à Eloa. Le séraphin comprit les intentions de Jéhova : il les lut sur son front ; & se tournant vers la troupe céleste, il lui dit : « Enfans de l'Eternel, vous jus- » tes, vous ses élus, contemplez vo- » tre auguste Maître ; c'est vous qui » étiez l'objet chéri de ses pensées, » lorsqu'il s'occupoit du salut procuré » par le Rédempteur. Vous avez ar- » demment desiré, & Dieu lui-même » en a été témoin, l'arrivée de ces » jours heureux. Je vous bénis, ô vous » que l'Esprit saint a régénérés, & vivi- » fie ! Jouissez du bonheur de contem- » pler l'Être des êtres ; le voilà : il est » le principe & la fin de tout, & tou- » jours miséricordieux. Celui qui est » de toute éternité, qu'aucunes créa- » tures ne comprennent ; c'est Dieu ; » c'est Jéhova qui daigne, dans sa bonté » paternelle, descendre jusqu'à vous. » Cet auguste messager de paix, en- » voyé par son Fils, n'est venu vers » le haut autel, que pour vous. Si vous

» n'aviez pas été choisis, de tout tems, » pour être les témoins de la rédemp» tion, les éternels auroient continué à » s'entretenir seuls dans le silence & » le secret de l'éternité. Mais vous, » dignes enfans de la terre, vous ache» verez ces jours avec nous dans l'allé» gresse, & parmi des acclamations » éternelles. Nous pénétrerons ensem» ble dans tout ce que votre rédemp» tion a de plus ineffable, & nous » verrons ces mysteres d'un œil plus » éclairé que ces hommes tendres & » pieux, ces amis du Médiateur, qui » errent encore dans les ténèbres. . . » Mais ses persécuteurs impies. . . ah! » l'Eternel depuis long-tems les a re» tranchés des saints livres de vie. Il » répand, au contraire, une lumiere di» vine sur ses rachetés. Ils ne verront » plus désormais le sang de l'alliance » avec des yeux baignés de larmes; » ils le verront comme un fleuve salu» taire qui les conduira dans le port de » la félicité. Alors, dans le sein de la » paix & l'extase du bonheur, ils cé» lébreront en triomphe dans les cieux » les fêtes brillantes de la lumiere, & » du repos éternel. Vous, séraphins, &

» vous, heureux patriarches, que le » Sauveur a rachetés, commencez les » fêtes de l'éternité. Les enfans de la » terre, qui ſont encore mortels, s'aſ» ſembleront auprès de vous, de gé» nérations en générations, juſqu'à ce » que, purgés de la tache de leur ori» gine, & revêtus de nouveaux corps, » ils parviennent, après le grand juge» ment, à la même béatitude que vous. » Cependant, vous, anges ſublimes des » thrônes, partez : allez avertir les gar» diens des divers ouvrages de la créa» tion, qu'ils ſe préparent à célébrer » avec nous l'accompliſſement de ces » jours myſtérieux; & vous, l'hon» neur & la gloire de la nature hu» maine, ancêtres du Meſſie, (car » c'eſt de la froide dépouille que vous » avez laiſſée dans le tombeau, en at» tendant la réſurrection, qu'il eſt ſorti, » lui qui eſt Dieu & homme,) il vous » accorde de jouir auſſi de la félicité » que Dieu ſeul goûte toute entiere » par le ſentiment de ſa Divinité; hâ» tez-vous, ames immortelles, de vous » rendre au ſoleil qui éclaire le globe » de la rédemption.

» De-là vous pourrez conſidérer

» dans l'éloignement toutes les actions
» de votre Fils & votre Sauveur. Des-
» cendez par ce chemin lumineux ;
» vous y découvrirez d'un coup d'œil
» toutes les contrées de la vaste nature,
» dans sa beauté renouvellée. Après
» tant de siécles révolus, l'Eternel se
» prépare à consacrer lui-même dans
» les cieux un autre jour de repos,
» un autre sabbat, plus saint, plus
» grand que celui que célébrerent les
» chœurs célestes, après la création
» de l'univers. Vous vous le rappellez,
» esprits immortels, ce moment bril-
» lant, où la nature, avec tous ses
» charmes, sortit des mains du Créa-
» teur ; ce moment, où tous les as-
» tres vinrent s'humilier avec vous
» devant l'Auteur de tant de merveil-
» les : celles qui vont s'accomplir par
» son divin Fils, par le Messie, sont
» encore au-dessus. Hâtez-vous de
» l'aller annoncer à ses créatures. Le
» grand sabbat commence avec la li-
» bre obéissance, & les souffrances du
» Sauveur. Dieu, Jéhova, l'appelle le
» Sabbat de l'alliance éternelle. »

Eloa se tut, & son esprit se perdit dans de profondes méditations. Le ciel en silence avoit élevé ses regards, & contemploit le Saint des Saints, lorsque Dieu fit signe à l'envoyé de son Fils. Il monte au haut du trône; & là il reçoit des ordres secrets pour Uriel & pour les autres génies tutelaires du monde, concernant les prodiges qui devoient s'opérer à la mort de l'Homme-Dieu.

Cependant les Trônes étoient descendus de leurs siéges, & Gabriel les avoit suivis. En approchant de l'autel de la terre, il entendit retentir au haut de ses voûtes, des voix plaintives qui soupiroient après le salut du genre humain. La voix du premier des hommes se faisoit entendre audessus des autres. Depuis tant de siécles révolus, le souvenir de sa chute, & ses suites funestes lui étoient toujours présens. Cet autel de la terre est celui dont le Prophéte de la nouvelle alliance, de l'alliance sanglante y avoit vu la représentation miraculeuse sur le rivage de Patmos. C'est de-là que partoient les cris des martyrs; c'est là que les ames versoient des larmes d'anges, de ce que le Juge suprême retardoit le jour, le grand jour de la vengeance. Tandis que le séraphin descendoit vers cet autel, Adam, sous une forme visible, vola au-devant de lui avec transport. Il brilloit alors de cette beauté dont l'image divine avoit été conçue dans la pensée de l'Eternel, lorsqu'il étoit occupé de l'idée de créer Adam, & qu'un morceau de terre sainte détaché du sein béni d'Eden, où résidoit le germe de la vie, devenoit homme entre ses mains. Adam s'avançoit sous ces traits enchanteurs : un sourire aimable répandoit un air divin sur son front épanoui ; le feu du desir animoit ses paroles. « Je te salue, s'é» cria-t-il, ô séraphin! Créature com» blée de graces, je te salue. Lorsque la » voix de ton message a retenti jusqu'à » moi, tout mon cœur en a tressailli... » Ah! si mes yeux, comme ceux de cet » heureux séraphin, pouvoient te con» templer, ô Messie! dans ta beauté hu» maine, sous cette forme de miséricorde » dont tu t'es revêtu pour sauver ma race » tombée!... Montre-moi, séraphin, » montre-moi où mon Redempteur, mon » ami, porte ses pas... Que je le suive au » moins des yeux... Que ne puis-je t'ar» roser des larmes de ma joie, lieu paisi» ble, lieu saint où le Sauveur vient de » prier; où il a élevé sa face vers le ciel;

» où il a juré de racheter les enfans d'A-
» dam, le premier des pécheurs? Toi
» dont je fus le premier habitant, ô
» terre! je porte mes regards avides
» sur tes contrées où j'ai puisé la vie.
» Tes champs devastés par la voix ton-
» nante de la malédiction, me paroî-
» troient préférables au paradis que j'ai
» perdu, à ce séjour fortuné dont les
» plaines étoient créées d'après les plai-
» nes riantes du ciel, si je pouvois les
» parcourir dans la société du Messie
» caché sous la même enveloppe mor-
» telle que j'ai laissée dans la poussiere.

Ainsi s'exprimoit Adam, dans le transport de son ardeur. Le séraphin lui repondit avec bonté: « Premier-né des
» élus, tes desirs vont être connus du
» Rédempteur; & si c'est sa volonté
» divine, Adam jouira du bonheur de
» le voir tel qu'il est, & de contempler
» la Majesté de Dieu dans son état
» d'abaissement. »

Déja les anges, dans un appareil de fête, avoient quitté les cieux, & s'étoient répandus dans les différens globes de l'univers. Gabriel seul avoit dirigé son vol vers la terre heureuse. Il en approchoit, dans le moment où les astres voisins la saluoient & commençoient à répandre sur elle leurs premiers rayons. Il entendit retentir tout le contour de son globe des noms nouveaux qu'on lui donnoit: « O reine » des mondes ! ô toi sur qui toutes les » créatures fixent leurs regards ! amie » chérie des cieux, seconde demeure de » la gloire divine, théatre immortel des » actions mystérieuses du grand Messie ! . . . » Ces acclamations mêlées à celles des anges parvinrent jusqu'à Gabriel : il presse son vol, & arrive sur la terre.

Le doux sommeil & la fraîcheur de la nuit régnoient encore dans les vallons. Les nuages tranquilles se reposoient encore sur les montagnes. Il s'avance à travers l'obscurité ; & d'un regard inquiet, il cherche le Sauveur de tous côtés. Il l'apperçoit dans une vallée profonde, formée entre les sommets de la montagne céleste des oliviers. Absorbé dans de profondes méditations, il s'y étoit endormi sur la pente d'un rocher. Gabriel s'arrête de surprise : il contemple son Maître plongé dans un sommeil paisible & leger ; il reste quelque tems les yeux fixés sur lui. Il admire l'accord heureux, le charme inexprimable des traits de la Divinité confondus avec ceux de la nature humaine. Le sentiment de l'amour tranquille; un sourire divin où se peint la clémence; le caractere de la bonté, de la douceur, répandu sur son visage; les larmes de la misericorde infinie; tout annonçoit en lui l'ame du bienfaiteur de l'humanité. Cette image cependant étoit affoiblie par l'impression du sommeil. C'est ainsi qu'un séraphin, qui voyage pendant une soirée de printems, n'entrevoit que confusément un côté de la terre embellie par les fleurs & par la verdure, lorsqu'il traverse les airs, au moment où l'étoile, qui annonce la fin du jour, commence à se montrer dans le ciel solitaire, & appelle le sage hors des sombres bosquets. Après l'avoir contemplé long-tems en silence, le séraphin lui parle ainsi:

» O toi dont la science infinie s'étend
» dans l'immensité des cieux! toi qui
» m'entends, quoique ton corps d'ar-
» gille soit ici plongé dans le sommeil,
» je me suis hâté d'exécuter tes ordres.
» Tandis que je les exécutois, le pre-
» mier-né des hommes, Adam, est ac-

» couru vers moi, & m'a confié le desir » ardent qu'il a de contempler ta face, » ô Mediateur immortel ! Je pars d'ici ; » ton Pere ainsi l'ordonne, & je vais » célébrer le grand jour de la réconci- » liation avec les autres habitans des » cieux.

» Vous, créatures voisines de ces lieux, » taisez-vous : songez que les instans fu- » gitifs de ce tems qui s'envole si rapide- » ment, que ces momens où votre Créa- » teur sommeille ici, doivent vous être » plus précieux que tous les siécles que » vous avez employés au service des hu- » mains. Vents, restez dans vos caver- » nes bruyantes ; & si vous vous éle- » vez dans les airs, n'y excitez qu'un » murmure doux & paisible ; & toi, » nuage voisin, fais descendre de ton » sein humide la fraîcheur & le repos » sous ces ombrages heureux. Cédre, » ne fais point de bruit ; & vous, arbres » de cette forêt, n'agitez pas vos bran- » ches ; restez sans mouvement devant » le Créateur qui dort. »

Ainsi s'échappoit doucement la voix du séraphin, & peignoit sa tendre sollicitude. Il part, & vole en diligence vers l'assemblée des anges gardiens, de ces génies tutelaires, qui, dépositaires des secrets de la Providence, gouvernent la terre avec elle. Avant de prendre son essor vers le soleil, il étoit chargé de leur annoncer la réconciliation prochaine, cet objet des desirs de tous les esprits bienheureux, & le second sabbat, le sabbat de la grande victime.

Toi qui, après Gabriel, veilles sur la sphere de la rédemption, protecteur divin de cette mere inépuisable de tant d'enfans immortels que, dans la révolution des siécles, elle fait passer rapidement de son sein aux régions du ciel, tandis qu'elle brise ici-bas la cabane de leur esprit éternel, & qu'elle en ensevelit les ruines sous ces collines que le voyageur fuit, & sur lesquelles il ne se repose jamais ; toi, choisi pour gouverner cette terre autrefois si magnifique, pardonne, Eloa, pardonne à ton ami futur, si, instruit par la Muse de Sion, il découvre aux hommes ta demeure cachée depuis la création d'Eden ; si, rempli de cette volupté qu'on ne puise que dans la solitude, il s'est perdu dans les profondes méditations & dans les spheres lumineuses d'un paisible enthousiasme ; s'il a osé mêler ses pensées aux pensées des immortels ; si son âme, en s'élevant jusqu'à eux, a retenu leurs discours. Daigne encore l'écouter, lorsqu'à l'imitation de la jeunesse du ciel, il entreprend de chanter sur un ton hardi & sublime, non les restes corrompus des races qui ont précédé le Sauveur, mais les heureuses générations consacrées par la mort du Rédempteur, & qu'il les introduit dans l'assemblée des saints & dans le conseil des anges.

Dans la contrée déserte & paisible du pole septentrional, où l'œil de l'homme n'a jamais pénétré, regne éternellement la nuit solitaire.

L'obscurité, & les nuages sans cesse découlent de son sein, comme une mer immense qui s'étend au loin. C'est ainsi qu'autrefois le Nil resserré dans ses quatorze rives, & vous, tombeaux immortels des rois, pyramides d'Egypte, vous fûtes couverts des ténébres accourues à la voix de Moïse. Jamais la vue d'aucun mortel ne s'est égarée sur ces campagnes inhabitées qui reposent de tout tems dans le silence de la nuit. Aucune voix humaine ne s'y est fait entendre; aucun mort n'y est enseveli; aucun mort n'y ressuscitera. Ces lieux consacrés aux profondes spéculations, sont quelquefois embellis par la présence des séraphins, lorsque semblables à des astres étincellans, ils marchent sur ces montagnes, & qu'absorbés dans un silence prophétique, ils viennent y méditer sur la béatitude future du genre humain. Au milieu de ces vastes régions, s'éleve une porte céleste par laquelle les anges de la terre entrent dans leurs sanctuaires.

Comme, après des tems tristes & nébuleux, le soleil, dans un beau jour d'hyver, montant sur l'horizon, darde ses rayons sur les montagnes couvertes de neige, dissipe les brouillards, chasse l'obscurité qui cachoit les campagnes chargées de glaçons, & decouvre les forêts dont les arbres depouillés laissent un libre passage à la vue; ainsi s'avançoit Gabriel sur les montagnes du nord. Déja l'immortel touche de son pied à la porte sacrée qui s'ouvre devant lui, comme les aîles bruyantes d'un chérubin, & se ferme à l'instant derriere lui. Il a déja pénétré dans l'intérieur de la terre. Là, des Océans roulent lentement leurs flots sur des bords vuides d'habitans; & les fleuves, enfans impétueux des Océans, rentrent dans leur sein, en retentissant, comme les orages qui accourent du fond des déserts. Il marche; il parvient à son sanctuaire. Le nuage qui en cache l'entrée se divise à sa présence, & se dissout en lueur céleste. L'immortel laisse sur ses traces des sillons de lumiere dont la flamme incertaine éclaire ces bords ténébreux. Il arrive à l'assemblée des anges.

Dans un vuide immense, rempli d'un éther pur, qui se forme en voûte dans l'intérieur de la terre, à l'endroit où elle tourne sur son centre, s'éleve un soleil qui nage dans un fluide lumineux. Les feux, qui émanent de ce soleil, font circuler la chaleur & la vie dans toutes les veines de la terre : c'est cette chaleur combinée avec celle du soleil supérieur, qui fait éclore les fleurs du printems, qui jaunit les moissons de l'été, & meurit les fruits de l'automne. Cet astre bienfaisant jamais ne se leve ni ne se couche. Un matin éternel sourit autour de lui, dans des nuages qui distillent la rosée. Quelquefois l'Être suprême, qui remplit tout l'univers, imprime miraculeusement sur les nuages de ces cieux souterreins, des caracteres dans lesquels les anges lisent ses intentions. C'est ainsi qu'après les pluies qui fertilisent la terre, l'arc-en-ciel se peint sur les nuës que le souffle de Dieu a calmées, & rappelle à l'homme le souvenir de l'alliance & des bienfaits de son Maître.

Gabriel se rend sur ce soleil. Aussitôt s'assemblent autour de lui les anges protecteurs des empires, les anges de la guerre & de la mort, qui, dans les routes tortueuses de la destinée, suivent le fil conducteur qui les ramene jusqu'à la main de l'Eternel. Ce sont eux qui préparent & dirigent en secret tous ces grands évenemens dont les rois s'enorgueillissent comme de leur propre ouvrage. Vinrent ensuite se ranger auprès du séraphin, les gardiens des hommes vertueux, ce petit nombre d'ames nobles, & ceux qui veillent sur le sage, lorsque, méditant dans le calme de la retraite, & foulant aux pieds les erreurs & les délices de la terre, il ouvre le grand livre de l'avenir éternel. Souvent ils président aussi invifiblement à ces assemblées pieuses où le Chrétien, plein de ferveur, sent la présence de son Dieu; où un peuple de freres unis, & sanctifiés par le sang de l'alliance, se répandent en cantiques de jubilation devant le Réconciliateur.

Ce sont eux qui reçoivent les ames des Chrétiens, lorsque, venant de quitter leur dépouille mortelle, elles contemplent avec un sentiment d'effroi ces corps pâles & livides qu'elles ont laissés sur la terre, ces tristes restes de la nature vaincue par la mort, & défigurés par la douleur. « Un jour, leur » disent ces génies consolateurs, un » jour, mes cheres amies, nous ras» semblerons tous ces tristes débris. » Cette même demeure de la morta» lité, ces mêmes os que la main du » trépas a si cruellement brisés, se réveil» leront pour prendre une nouvelle vie » avec le matin du Juge. Venez, ames im» mortelles; venez, citoyennes des » cieux: un aspect plus heureux, celui du » premier des Vainqueurs vous attend. »

Ces ames innocentes, qui avoient quitté la vie avant que leur tendre corps eût achevé de prendre sa forme, s'assemblerent aussi autour de Gabriel.

Etonnées du spectacle de la terre dont leur œil timide avoit à peine entrevu la surface ; dépourvues d'idées & de connoissances, elles n'avoient osé se montrer sur le vaste théatre des mondes ; elles s'étoient enfuies dans l'intérieur de notre globe, en poussant les cris touchans, & les gémissemens de l'enfance. C'est-là que, dans des cantiques d'allégresse auxquels ils unissent les sons brûlans de leur harpe divine, leurs anges protecteurs les inspirent & les instruisent. Ils leur découvrent le principe où elles ont puisé leur existence: ils leur rendent sensible l'éclat dont brilloient les soleils & les lunes, lorsqu'ils parurent devant le Créateur, au moment de leur naissance. Ils les entretiennent des saints patriarches, & du bonheur qui les attend au pied du trône de l'Eternel, où elles jouiront de l'auguste vue de leur Rédempteur. C'est ainsi qu'ils éclairent ces tendres disciples, dignes de la sagesse, de cette sagesse sublime dont l'éclat éblouit l'homme, qu'il cherche avidement à travers les erreurs dont il est environné, & dont il ne saisit que l'ombre fugitive. Toutes ces ames avoient quitté dans ce moment les bosquets fortunés qu'elles habitent, & s'étoient rendues auprès de leurs confidens, les anges de la terre. Gabriel annonce à l'assemblée ce qu'il avoit ordre de lui faire sçavoir concernant le Messie. Tous les anges l'environnent, l'écoutent avec ravissement, & tous, à l'instant, tombent & se perdent dans de profondes méditations.

Cependant les ames ingénues de deux enfans aimables, unis par les liens du sang, Benjamin & Jeddida, se tenoient étroitement embrassées, & disoient :

» O Jeddida ! n'est-ce pas de ce
» Docteur si doux si affable, n'est-ce
» pas de Jesus, que l'orateur divin
» vient de parler ?... Avec quelle bonté
» il nous embrassoit ! avec quelle ten-
» dresse il nous serroit contre son sein
» palpitant ! Ah ! je m'en souviens tou-
» jours. Il me semble voir encore cou-
» ler ses larmes, ces larmes d'humanité,
» que je recueillis sur ses joues par un
» baiser.

» Te souviens-tu aussi, ô Benjamin !
» qu'il dit à nos meres rangées autour

» de lui : Devenez comme des enfans, » ou vous n'hériterez pas du royaume » de mon Pere.

» Oui, je m'en souviens. Ah ! c'est » celui-là même, c'est notre Rédempteur ; c'est celui par qui nous sommes » si heureux. Embrasse ton ami. » Ainsi s'entretenoient ces tendres ames. Gabriel se leve pour un nouveau message : une lumiere céleste se répand sur les traces de l'immortel. C'est ainsi que les habitans de la lune voient, dans des nuages qui distillent la rosée, couler sur le sommet de leurs montagnes le jour qui leur vient de la terre pour éclairer leurs nuits. Environné d'un éclat radieux, il part aux acclamations des anges & des ames qui poussoient des cris d'allégresse. Il parvient dans un atmosphere moins borné, en faisant retentir les airs comme les fléches d'un arc d'argent, aîlées pour la victoire. Il passe rapidement auprès des divers globes qui se rencontrent sur sa route : il presse son vol, & arrive au soleil. Il trouve dans ce globe de feu, confié aux soins d'Uriel, les ames des patriarches qui suivoient avidement les premiers rayons qui alloient porter le jour sur les contrées de Canaan. A ſon maintien grave, à ſon air majeſtueux, on diſtinguoit Adam entre tous les patriarches, ce premier enfant de la terre qui venoit de ſortir des mains du Créateur. Gabriel & Uriel s'entretenoient ſur le ſalut des hommes, en attendant avec impatience, que la montagne des oliviers ſe découvrît à leurs regards.

Fin du Chant I.

CHANT SECOND.

ARGUMENT.

A la faveur des premiers rayons du jour, les ames des patriarches apperçoivent le Messie. Celles d'Adam & d'Eve le saluent par un cantique d'allégresse. Raphaël, ange tutelaire de Jean, apprend à Jesus que son disciple bien-aimé est resté parmi les tombeaux, où il gémit sur le sort d'un possédé. Jesus y va, & arrive au moment où Satan alloit faire périr le malheureux Samma. Discours de Satan à Jesus. Jesus le méprise, & ne lui répond rien. Satan fuit. Samma est delivré. Jesus reste avec Jean parmi les tombeaux. Satan arrive aux enfers. Caractere de ses principaux habitans. Harangue de Satan. Il jure d'exterminer le Messie. Abdiel Abbadona lui remontre l'horreur de son projet. La rage empêche Satan de lui répondre. Adramélec le fait à sa place. Il approuve la résolution de Satan, & tout l'enfer y applaudit. Ils vont ensemble sur la terre, pour y met-

tre leur projet à exécution. Abbadona les suit de loin. A la porte de l'enfer, il apperçoit Abdiel, autrefois son ami intime. Sa douleur, ses regrets. Satan & Adramélec approchent de la terre. Les desseins, les fureurs d'Adramélec dès qu'il l'apperçoit. Il descend avec Satan sur la montagne des oliviers.

CHANT SECOND.

LEs premiers rayons du jour éclairoient déja la cime des forêts de cédres : Jesus s'éveille ; il se leve, & les ames des patriarches tressaillirent de joie à sa vue. A l'instant, l'ame d'Adam & celle de la divine Eve entonnerent à l'unisson ce cantique d'allégresse.

» O le plus beau, le plus fortuné » des jours ! tu seras éternellement » pour nous un jour sacré, un jour » de fête, un jour au-dessus de tous » ceux qui te suivront. Lorsque la ré- » volution des tems te ramenera, » l'ame de l'homme, le chérubin & » le séraphin te salueront à ton lever » & à ton coucher, préférablement à » tous les autres jours. Lorsque tu des- » cendras sur la terre, les astres s'em- » presseront de t'étendre dans l'immen- » sité des cieux ; & lorsque tu remon- » teras vers le thrône de la gloire de

» Dieu ; nous irons au-devant de toi, » nous te bénirons ; nous te recevrons, » dans toute la pompe d'un jour so» lemnel, au milieu des concerts d'al» légresse, & des cantiques de louange. » Jour immortel, qui découvres à nos » yeux consolés le Messie, Dieu lui» même, dans son état d'abaissement » sur la terre ! de quel éclat il brille sous » les traits de la nature humaine ! La » Divinité respire dans son air majes» tueux ! »

Ainsi retentissoit la voix d'Adam & d'Eve dans les voûtes célestes. Le Sauveur l'entendit du fond de sa solitude. C'est ainsi que les prophétes absorbés dans les méditations de l'avenir entendoient au loin la voix de l'Eternel dans les déserts. Jesus descend de la montagne, & s'avance vers un bouquet de palmiers, dont la tête environnée des nuages transparens du matin, s'élevoit au-dessus de la forêt. Il apperçoit Raphaël, l'ange tutelaire de Jean, qui prioit sous ces palmiers. Le souffle du zéphyr porta ses prieres vers lui.

« Viens, Raphaël, lui dit le Mes» sie avec un doux sourire ; viens,

» marche à mes côtés, & dis-moi ce » qui s'est passé la nuit derniere dans » l'ame du pieux Jean ; quelles ont » éte ses pensées ? lui dont toutes les » pensées sont toujours semblables » aux tiennes. Où est-il à présent ? » J'ai veillé sur lui, répondit le séra- » phin, avec cette sollicitude que les » anges ont pour les plus chers de tes » élus. Des songes saints, des songes » dont tu étois l'objet, ont occupé son » esprit. Ah ! si tu l'avois vu, divin » Sauveur, lorsqu'un songe t'offroit à » sa pensée, une douce sérénité se ré- » pandoit sur son visage. A peine » Adam me parut-il aussi beau, au mo- » ment, où, dans un sommeil leger, » ton image & celle d'Eve que tu » formois alors, vinrent se peindre à » son ame enchantée. Je l'ai laissé parmi » les tombeaux, où il gémit sur le sort » d'un infortuné dont s'est emparé » Satan. Son corps pâle & décharné » présente à la vue le spectacle hideux » d'un squelette dont toutes les par- » ties s'agitent avec bruit sur cette pous- » siere des morts. Tu serois sensible à » la douleur de ton disciple compatis- » sant. Je n'ai pu me défendre d'être

» attendri moi-même. Mon ame gé-
» mit sur les calamités qui affligent
» tant de créatures que tu destines à
» l'immortalité. »

Gabriel se tut. Le Messie leve vers le ciel un regard irrité, & dit : « J'im-
» plore ta puissance, Pere éternel;
» frappe l'ennemi du genre humain,
» & que ce sacrifice soit à jamais pour
» les cieux un sujet de triomphe, &
» un sujet de rage & de confusion
» pour les enfers! »

A ces mots, il s'avance vers ces tombeaux taillés dans des rochers épars & entassés confusément les uns sur les autres, au pied de la montagne. L'entrée de ces lieux funébres que le voyageur fuit avec effroi, est cachée par l'épaisseur d'un bois lugubre, dont les arbres entrelacés forment une obscurité impénétrable. Un jour pâle & humide commence à percer à peine dans ces tristes demeures, tandis que le soleil du midi darde déja ses rayons brûlans sur la ville de Jérusalem. Lorsque le Messie arriva, Samma étoit étendu, sans mouvement, auprès du tombeau de Bennoni, le plus jeune de ses fils, qu'il avoit tant aimé. Satan ne lui avoit laissé cet intervalle de repos, que pour le tourmenter ensuite d'une maniere plus cruelle. Ce malheureux pere étoit couché à côté des lambeaux du cadavre de Bennoni; & son autre fils poussoit vers le ciel des gémissemens douloureux. Cet enfant, dont la perte coûtoit tant de larmes, instruit que son pere, égaré par Satan, erroit en furieux parmi les tombeaux, avoit, à force d'instances, obtenu de sa mere, qu'elle voulût bien l'y conduire. A peine avoit-il apperçu son déplorable pere, que, s'arrachant des bras de sa mere éperdue, il s'élança vers lui, en s'écriant: « Embrassez-» moi, mon pere. » En disant ces mots, il se jette à son cou, & lui serre tendrement la main qu'il presse contre son sein. Le pere l'embrasse en frémissant; & dans l'instant où cette créature innocente le serroit dans ses bras, & lui sourioit avec tous les charmes de son âge, le malheureux Satan le saisit, dans un accès de sa rage, & le brise contre un rocher. Sa cervelle se disperse sur les pierres teintes de son sang, & son ame s'envole comme un souffle leger. Samma inconsolable

étoit venu serrer de ses bras mourans la froide demeure qui renferme les os de son fils. « Mon fils ! s'écrioit-il, ...
» Bennoni, mon cher Bennoni ! ... »
Un torrent de larmes avoit succédé à ces cris douloureux : un froid mortel s'étoit emparé de tous ses membres palpitans. Il étoit dans cet état, quand Joël, son autre fils, apperçut le Messie, qui s'avançoit vers les tombeaux.
» Ah ! mon pere, s'écria t-il, plein de
» joie ; Jesus, le grand Prophete, porte
» ses pas vers nous ! »

Satan effrayé regarde par les ouvertures du tombeau de Bennoni, où il s'étoit caché. C'est ainsi que les Athées, ce peuple méprisable, quand le char redouté de la vengeance fait retentir les cieux, épient du fond des voûtes obscures où ils se sont sauvés, si l'éclair brille encore, & si l'orage est dissipé. Satan jusqu'ici n'avoit tourmenté Samma que foiblement : il ne lui portoit que des coups lents, du fond de ces tombeaux nocturnes ; mais à l'approche du Sauveur, il s'éveille, s'arme de tous les traits de la mort, & se précipite tout entier sur sa malheureuse victime. Samma se leve brusquement

& retombe bientôt sans force. Il luttoit avec peine contre les horreurs du trépas : l'esprit infernal le ranime, &, dans un accès de fureur le fait monter comme un trait sur la cime d'un rocher... Sous tes yeux même, ô Juge des mondes, Satan alloit le précipiter & le briser contre la pointe d'un autre rocher qui avançoit... Tu arrives, & ta main puissante soutient ta créature prête à périr. Le destructeur du genre humain frémit de rage à l'aspect de son Maître. Jesus jette sur Samma un regard de compassion : une vertu invisible porte à l'instant le calme dans son ame ; il reconnoît son libérateur : tous ses traits défigurés par la douleur, reprennent leur forme naturelle. Il leve les yeux au ciel ; il veut parler ; l'excès de sa joie lui permet à peine des sons inarticulés : il ne peut exprimer sa reconnoissance, que par des pleurs & par des cris. Ainsi, lorsque l'ame du sage, méditant sur sa nature, dans un moment de tristesse & de mélancolie, doute quelquefois de son immortalité, & s'effraye de l'idée de sa destruction, jusqu'à ce qu'une ame plus élairée, & fiere des promesses de

Dieu, s'approche d'elle & la console; alors l'ame accablée sort avec impétuosité de son état douloureux : elle triomphe; elle s'applaudit; elle sent qu'elle est immortelle. C'est ainsi que la vertu divine ramene le calme & le sentiment du bonheur dans l'ame de Samma.

Alors le Messie adresse ces paroles à Satan, d'un ton de voix qui annonce un maître ? «Qui es-tu? De quel droit » oses-tu, sous mes yeux même, tourmenter ainsi les hommes, ces enfans élus pour la rédemption?... Qui » je suis ? répondit Satan en rugissant » de fureur; je suis Satan, le roi du » monde, & la divinité suprême de » ces esprits généreux, qui ont secoué » le joug de l'esclavage. Prophete » mortel, car Marie ne peut avoir en» gendré qu'un mortel, ta réputation, » qui que tu sois, est parvenue jus» qu'à moi au fond des enfers. Je les » ai quittés pour te voir, toi que les » esclaves du ciel annoncent comme » un sauveur. Ton imagination égarée » t'a, sans doute, persuadé que tu étois » un Dieu; mais tu n'es qu'un vil mor» tel, semblable à tous ceux que ma » main puissante fait rentrer sans cesse

» dans la poussiere d'où ils sont sortis. » Aussi n'ai-je pas daigné observer la » moindre de tes actions. Je revole » aux enfers ; la mort & l'épouvante » vont me devancer sur la terre & sur » la mer, & me frayer un chemin » digne de moi. Cependant si tu as » des projets ici-bas, profite de mon » absence : je reviendrai bientôt pro- » téger en roi l'empire que je me suis » établi sur la terre.... & toi, misé- » rable Samma, expire sous mes yeux. Il dit, & se précipite à l'instant sur Samma.... mais le Rédempteur, sans faire aucun mouvement, sans proférer un mot, arrête les efforts de Satan, & rend sa rage inutile. C'est ainsi que le Maître des cieux dissipe d'un coup d'œil tout-puissant les orages qui vont devaster les mondes. Satan s'enfuit, & oublie de répandre la désolation sur sa route.

Cependant Samma descend du rocher : il le quitte, en le regardant avec ce trouble, cet effroi qu'éprouvoit jadis Nabuchodonosor à la vue des rives de l'Euphrate. Elles lui rappelloient l'état abject dans lequel il avoit erré si long-tems, le long de ses bords, dechiré par les terreurs, dont l'Eternel épouvantoit son cœur superbe. Rendu à sa premiere nature, il cessa de se croire un Dieu. Couché dans la poussiere, au milieu de ces jardins fastueux de Babylone, que l'art avoit élevés & tenoit suspendus dans les airs, il reconnoissoit son néant & s'humilioit devant son Maître. Samma vole vers Jesus, & s'écrie en se précipitant à ses pieds : « Permets-moi de te suivre, ô » Homme divin ! Permets que je finisse » auprès de toi cette vie que tu m'as » rendue. » En parlant ainsi, il entrelaçoit ses bras tremblans autour du Rédempteur. Le Messie laisse tomber sur lui un regard où se peint sa compassion pour l'humanité, & lui dit avec douceur : « Non Samma, ne me suis » pas ; mais, à l'avenir, arrête-toi sou» vent auprès de la montagne de Gol» gotha : c'est-là que tu verras se réa» liser bientôt les espérances d'Abra» ham, & celles des prophètes. » Tandis que Jesus parloit à Samma, l'innocent Joël prioit Jean de le conduire auprès du Prophete de Dieu, & le disciple touché de sa candeur, le conduisit vers Jesus.

» Prophète de Dieu, lui dit cet enfant ingénu, il ne sera donc permis ni à mon pere ni à moi de te suivre ? Eloigne-toi donc au moins d'ici. Que fais-tu parmi ces tombeaux dont la vue m'épouvante ? Viens chez nous, Homme divin ; viens dans notre maison : mon pere y va retourner ; & ma mere qui, dans ce moment, s'afflige d'être seule, t'y recevra avec joie, t'y servira avec humilité. Nous t'y donnerons du lait, du miel, & les plus beaux fruits de nos arbres. Nous te ferons des vêtemens avec la laine des plus jeunes agneaux qui paissent dans nos prairies ; & pendant l'été, je te conduirai dans le jardin de mon pere, où tu te reposeras sous l'ombre des arbres qu'il m'a donnés... Hélas ! mon cher frere, mon cher Bennoni, je te laisse ici dans le tombeau !... Tu ne viendras plus arroser nos fleurs avec moi ; tu ne m'éveilleras plus par un baiser fraternel, pour me mener jouir de la fraîcheur des belles matinées... Non jamais, mon cher Bennoni, non jamais... Ah ! Pro-

» phete de Dieu, le voilà étendu là
» sur la poussiere !... »

Jesus le regarda avec attendrissement, & dit à Jean : « Essuyez les
» larmes de cet enfant ; il annonce
» plus de vertu, & montre plus de
» sensibilité que la plûpart de ses con-
» citoyens. » Ainsi parla le Messie, & il resta seul avec son disciple parmi les tombeaux.

Cependant Satan environné d'un tourbillon de vapeurs épaisses, traverse la vallée de Josaphat, passe le lac Asphaltite, & arrive sur le sommet du mont Carmel, d'où il s'élance dans la région des cieux. De-là il promene ses regards furieux sur l'ordre admirable de l'univers. Il frémit de rage à la vue de ce divin édifice qui, depuis tant de siécles révolus, n'avoit rien perdu de la magnificence que Dieu lui avoit imprimée en le créant. Il se hâte de dépouiller sa figure obscurcie & hideuse, & se cache sous une forme lumineuse, dans la crainte que les astres n'éprouvent une secrette joie, en le voyant sous ses traits ténébreux. Mais cette beauté radieuse lui devient bientôt insupportable. Effrayé de se trouver encore dans les plaines brillantes de la création, il en sort précipitamment, & prend le chemin des enfers.

Il descend avec l'impétuosité d'un torrent, & parvient, dans un instant, aux dernieres extrémités des mondes. Là, de sombres espaces qui se perdent dans l'infini, s'ouvrirent devant ses pas. Il appelle ces lieux, le commencement des vastes domaines de son empire.

Il voit errer à travers l'immensité du vuide, une lueur incertaine émanée des astres les plus éloignés de la création ; mais il ne découvre pas encore les enfers. Dieu les avoit confinés dans le fond de l'abysme, dans une obscurité éternelle, loin de lui, loin des êtres heureux qu'il avoit formés. Il n'avoit point laissé de place pour ces lieux de tourmens, dans le monde que nous habitons, ce théatre de ses miséricordes. Il rendit terribles ces lieux qu'il destinoit aux gémissemens, aux supplices, à la destruction ; abysmes affreux, mais parfaits dans le but qu'il se proposoit de punir, & empreints des traits de sa magnificence. Il les créa en trois nuits effrayantes, & en détourna pour jamais les yeux, ces yeux dont les regards pleins de bonté, descendent du haut de son thrône sur les foibles mortels. Il confia la garde de ce séjour détesté à deux anges formidables. Il les revêtit d'une armure impénétrable, & leur dit, en les bénissant : « Retenez éternellement dans » ses limites, l'empire de la damna» tion ; veillez à ce que l'audacieux » Satan ne vienne pas, avec les horreurs » & les ténébres des enfers, assaillir » les ouvrages de la création, & por» ter l'épouvante & la dévastation sur » la face riante de la nature. »

Semblable à un ruisseau transparent, qui réunit les ondes argentées de deux sources voisines, un torrent de lumiere part de l'endroit où ces deux génies sont assis aux portes de l'enfer, s'étend, du côté des cieux, vers les différens mondes, &, malgré leur éloignement & l'obscurité qui les environne, les fait jouir de la contemplation ravissante des beautés variées de tout l'univers. C'est en côtoyant ce chemin lumineux, que Satan arrive aux enfers. Il s'y précipite avec fureur ;

& couvert d'un nuage épais, il se hâte de monter snr son thrône redouté. Le seul Zophiel, le hérault des enfers, apperçut le nuage noir qui s'élevoit sur les degrés du thrône. « La suprême » divinité de Satan, dit-il à ceux qui » étoient à ses côtés, ne seroit-elle pas » de retour ? Cette obscure vapeur ne » l'annonce-t-elle pas ? » Il n'avoit pas achevé ces mots, que les ténébres dont Satan étoit environné, se dissipe-rent tout-à-coup, & on l'apperçut assis sur son thrône, d'un air terrible, & la rage sur le front. Aussi-tôt le hérault Zophiel, cét esclave actif, vole, aussi prompt que l'éclair, vers cette monta-gne brûlante, destinée à annoncer à toutes les contrées de l'abysme l'arri-vée de Satan, par les torrens de flamme qu'elle vomit.

Porté sur les aîles de l'orage, Zo-phiel parcourt les concavités de la mon-tagne, arrive à son embouchure fumante & en fait sortir un déluge de feu qui éclaire tout l'empire des ténébres. On apperçoit ce monarque redoutable, à la faveur d'une lumiere triste, qui se réfléchit au loin. Tous les habitans des enfers accourent à la hâte, & les principaux ſe placent ſur les degrés du thrône.

O toi qui, remplie d'un ſaint enthouſiaſme, & ſans être émue par les gémiſſemens des pervers, jettes un coup d'œil ſévere ſur les enfers, lorſque tu contemples ſur le front de l'Eternel la ſérénite inaltérable, & le ſentiment de la juſtice ſatisfaite, au moment qu'il punit le pecheur! Muſe de Sion, fais-moi connoître ce ſéjour de douleur, & que ta voix puiſſante retentiſſe comme la tempête du Seigneur!

Adramélec, cet eſprit plus méchant & plus diſſimulé que Satan même, arriva le premier. Il nourriſſoit dans ſon cœur une haine implacable contre lui: il ne pouvoit lui pardonner de l'avoir prévenu, & d'avoir oſé le premier lever l'étendard de la révolte. Réſolu depuis long-tems de n'agir que pour lui-même, tout ce qu'il ſembloit faire en faveur du prince des enfers, n'étoit pas pour lui en aſſurer l'empire qu'il auroit voulu lui ôter: il n'avoit pour objet que ſa propre grandeur. Depuis un tems immémorial, uniquement occupé du projet de s'élever à la ſuprême domination, il méditoit par quel artifice il pourroit engager Satan à renouveller la guerre contre Dieu; comment il pourroit parvenir à le reléguer au fond de l'espace infini; ou comment enfin, en cas que toutes ses manœuvres restassent sans effet, il pourroit réussir à le subjuguer par les armes. Il rouloit déja tous ces projets dans son cœur, avant que les anges se fussent soulevés contre le Tout-puissant, & qu'il les eût mis en fuite. Lorsqu'au moment de leur défaite ils s'enfuirent tous dans les enfers, Adramélec y arriva le dernier, portant une table d'or étincellante sur son armure, & criant à travers l'abysme : « Quoi! vous fuyez, dieux » immortels? Quoi! vous, nés pour ré» gner, vous, guerriers magnanimes qui » venez de combattre pour briser vos » fers, vous fuyez? Ah! c'est en triom» phateurs, que vous deviez entrer dans » ces nouvelles demeures destinées à » devenir bientot le séjour de la magni» ficence & de l'immortalité. Tandis » qu'occupés à forger la foudre, & » qu'entraînés par l'ardeur du combat, » l'Eternel & son Fils vous poursui» voient, je me suis introduit dans leur

» redoutable sanctuaire, & j'en ai en» levé cette table d'or sur laquelle sont » gravés les arrêts du destin : Ils annon» cent votre grandeur future : accou» rez, lisez cet écrit céleste ; apprenez » ce que dit le destin :

» Un de ceux qui gémissent aujour» d'hui en esclaves, sous le joug tyran» nique de Jéhova, reconnoîtra enfin » qu'il est Dieu lui-même. Il quittera » le ciel ; & avec ses amis qui, comme » lui, participeront à la divinité, il trou» vera une nouvelle demeure dans les » lieux inhabités de l'espace. Il verra » d'abord, à la vérité, ces lieux avec hor» reur. C'est ainsi que son Vainqueur » avoit autrefois habité le chaos, (car » telle étoit ma volonté suprême) avant » que j'eusse construit l'univers pour » être sa résidence. Mais qu'il entre » avec courage dans les vastes régions » des enfers ; c'est des enfers même, » que sortiront un jour des mondes » aussi magnifiques que ceux qui sont » sous la domination de Dieu. Satan » les créera ; mais il en viendra rece» voir le plan divin devant mon thrône » sublime, & c'est moi qui le tracerai. » Voilà ce qu'annonce le destin, le

» Dieu des dieux, celui qui renferme » dans son sein toutes les contrées de » l'espace, tous les mondes divers & » tous les dieux qui les gouvernent. »

Ainsi parla Adramélec : l'enfer n'eut pas même la consolation de le croire, & fit des efforts inutiles pour embrasser une erreur qui auroit pu suspendre ses peines pour quelques instans.

Jéhova entendit la voix du blasphémateur, & déja son arrêt est prononcé. Dans le plus profond des enfers, une masse luisante, astre lugubre de ces lieux, se leve réguliérement de la mer de feu, & va se coucher tous les jours dans la mer de la mort. Cette masse tout-à-coup sort avec éclat de son orbite; & par de longs circuits, elle vient, en imitant le bruit de la foudre, frapper l'impie Adramélec, & le précipite dans la mer de la mort : les enfers furent plongés dans les ténébres pendant sept nuits entieres ; & pendant ces sept nuits, Adramélec resta enseveli au fond de l'abysme.

Ce ne fut que long-tems après qu'il éleva un temple au destin, sa divinité suprême, & qu'en qualité de son ministre, il y déposa la table d'or sur un autel qu'il y consacra. Son imposture, malgré son antiquité, n'en est pas devenue plus respectée; elle est toujours regardée comme une imposture. A la vérité, quelques vils esclaves, pour flatter Adramélec, viennent se prosterner devant son idole, quand il est présent; mais ils s'en raillent, quand il est absent. C'est de ce temple qu'accourut Adramélec, & que, toujours rongé par la haine secrette qu'il porte à Satan, il vint s'asseoir sur le thrône à ses côtés.

Moloch, toujours occupé des soins & des travaux de la guerre, quitte aussi ses hautes montagnes qu'il environne sans cesse d'autres montagnes, comme d'autant de tours, dans l'espoir orgueilleux de s'y défendre, si le Guerrier foudroyant, c'est ainsi qu'il appelle Jéhova, descendoit un jour dans les enfers, pour s'en rendre le maître. A peine l'astre lugubre, qui éclaire ces tristes régions, sort environné de vapeurs, du sein de la mer de feu, qu'on voit déja l'inquiet Moloch couvert de son armure bruyante, & courbé sous le poids des rochers qu'il porte, se traîner avec peine jusqu'au sommet des montagnes qu'il habite. Quand son ouvrage est élevé à la hauteur des voûtes de l'enfer, il s'y tient debout, caché dans les nuages ; & si quelque montagne, venant à se détacher de la masse, s'écroule avec fracas & fait retentir les échos de l'abysme, alors l'insensé se persuade entendre le bruit de la foudre qu'il a lancée du sein des nues. Les conquerans ensevelis dans la nuit éternelle, ne regardent Moloch, qu'avec un sentiment de terreur & d'admiration. En descendant de ses montagnes, il passa insolemment au milieu d'eux, & ils se hâterent de lui ouvrir un passage. Semblable au tonnerre caché dans les flancs d'un nuage obscur, Moloch, dans sa marche hautaine, fait retentir son armure étincellante ; la montagne tremble sous ses pas, & les rochers ébranlés se détachent derriere lui. C'est ainsi qu'il arrive vers le trhône de Satan.

Après lui parut Bélielel. Il s'avançoit, dans un morne silence, du fond des forêts qu'il habite, & de ces plaines malheureuses où les fleuves de la mort, chargés de vapeurs empestées, roulent leurs ondes limoneuses vers le thrône de Satan. Il s'épuise en efforts inutiles pour tâcher de donner à ces lieux détestés, cette forme brillante que la main du Créateur a donnée à tous ses ouvrages. Du haut de ton thrône sublime, tu souris, ô Eternel! lorsque tu vois son bras infatigable, & toujours impuissant, vouloir s'opposer au souffle des vents impétueux qui mugissent sur ces bords affreux, & les changer en zéphyrs rafraîchissans; mais en vain. La tempête continue d'exercer sa rage, & ses aîles contagieuses versent de tous côtés la terreur & la consternation: elle ne laisse après elle, dans l'abysme ébranlé, qu'un désert informe, & des campagnes dévastées.

Béliélel se rappelle avec des transports de fureur l'éclat de ce printeims immortel qui semblable au sourire enchanteur d'un jeune séraphin, embellissoit les plaines du ciel. Ah! s'il pouvoit l'imiter dans les sombres vallées des enfers! Il hurle de désespoir à la vue de ces champs couverts d'une obscurité effrayante; vastes demeures consacrées aux tortures, aux larmes, aux gémissemens, & condamnées à rester à jamais sous cette forme épouvantable! Le cœur dévoré d'amertume,

le

le triste Béliélel arrive devant Satan; toujours rempli du desir de se venger de celui qui l'a chassé du ciel, & l'a précipité dans les gouffres de l'enfer, dont il se persuade que son ennemi se plaît à rendre tous les jours l'aspect plus hideux.

Du fond des marais de la mer de la mort où tu fais ton séjour, impie Magog, tu fus instruit du retour du Satan, & tu sortis de tes gouffres bruyans. Les ondes noires se divisent sous ses pas, & s'élevent autour de lui, comme une chaîne de montagnes. Depuis qu'il a été chassé du ciel, Magog maudit l'Eternel; & la voix du blasphême mugit sans cesse dans sa bouche féroce. Dans les transports de son aveugle rage, il voudroit anéantir les enfers; & pour y parvenir, il s'exposeroit à une éternité de tourmens plus cruels encore que ceux qu'il éprouve. Au moment où il mit le pied sur le rivage, cet instinct destructeur lui fit arracher une côte entiere avec ses montagnes qu'il jetta dans l'Océan de la mort.

Semblables à des isles qu'un tremblement de terre a arrachées de leurs fondemens, les puissances du noir abysme s'avançoient vers le thrône de Satan, d'un pas audacieux. Une foule innombrable d'esprits se précipitoient du même côté, comme les vagues de l'Océan vont se briser contre les rochers d'un rivage escarpé. Tous ces infortunés, livrés à l'ignominie, & condamnés à une honte éternelle, ne rougissoient pas de chanter eux-mêmes leur opprobre sur leurs harpes profanées & brisées par la foudre. Elles rendoient des sons sourds & lugubres, semblables aux accens de la mort. C'est ainsi, que pendant le calme de la nuit, les vallons retentissent de la chute des cèdres que l'Aquilon a brisés, lorsque porté sur des chars d'airain, il ébranle l'Hermon & fait trembler le Liban.

Satan plein d'une joie barbare, contemple cette multitude qui accourt vers lui : il se leve impétueusement de son siége, & la parcourt d'un regard satisfait. Il apperçoit dans l'éloignement la troupe abjecte des Athées, qui étoient confondus avec la plus vile populace. L'esprit d'indépendance & de dérision est peint dans tout leur air & dans tous leurs mouvemens. Ils ont pour chef le terrible Gog : on le distinguoit à l'impuence de son maintien, à l'égarement e ses yeux, & à la démence qui regne ur son front. Ces insensés s'agitent & e tourmentent jusqu'à la fureur, pour âcher de se persuader que Jéhova u'ils ont d'abord vu dans le ciel, omme un pere, ensuite comme un uge, n'est qu'un vain songe, un songe nfanté par le délire d'une imagination garée. Satan jette sur eux le regard du népris. Au milieu de son aveuglement, l sent toujours que l'Eternel existe.

Semblable à un orage menaçant, qui e rassemble insensiblement sur le somet d'une montagne aride, Satan aborbé dans de profondes réflexions, ntôt reste immobile & debout; tanôt il promene lentement sa vue de ous côtés; enfin il s'assied: il parle; ille tonnerres sortent de sa bouche, se mêlent au bruit de sa voix:

» Vous qui soutîntes avec moi, dans les plaines du ciel, les trois terribles journées d'un combat fatal, cohor» tes redoutables, si le même courage vous anime encore, écoutez en triomphe ce que je vais vous apprendre de mon séjour sur la terre! Apprenez, en même tems, le hardi

» projet que j'ai formé pour nous rendre
» tous illuſtres à jamais, à la honte &
» en dépit de Jéhova. Les enfers seront
» détruits. Celui qui a tiré l'univers de
» la nuit du chaos, anéantira tous les
» êtres créés, & habitera de nouveau
» les déſerts de la ſolitude, avant
» qu'il nous arrache l'empire que nous
» avons ſur les mortels. Oui, dût-il
» envoyer contre nous des Meſſies sans
» nombre; dût-il venir ſur la terre lui-
» même en qualité de Meſſie, nous
» n'en reſterons pas moins ce que nous
» ſommes, des dieux indomptés, des
» dieux indépendans. Mais contre qui
» exhalai-je mon courroux? Quel eſt
» donc ce nouveau Jéhova, ce Dieu
» de chair, qui traîne la Divinité dans
» un corps mortel? Qui eſt-il, pour
» que les dieux des enfers daignent
» s'occuper de lui, comme s'il s'agiſ-
» ſoit encore d'établir leur grandeur
» par le ſort des combats? Quelqu'un
» de vous pourroit-il croire en effet,
» qu'un Dieu pourroit s'abaiſſer juſ-
» qu'à prendre naiſſance dans le ſein
» d'une mere mortelle que la corrup-
» tion va détruire? Quel ſeroit son
» projet? Seroit-ce celui de nous com-

battre de nouveau, nous dont il a déja éprouvé les forces ? Ce seroit nous offrir une victoire trop aisée. Non, non, croyez-moi ; ce n'est pas ainsi que se conduit le rival & l'ennemi de Satan.

» Quelques-uns de nous, à la vérité, ont déja eu la lâcheté de fuir devant lui. Ils ont abandonné à son aspect les mortels dont ils s'étoient empa-rés. . . . Lâches ! tremblez devant cette assemblée auguste ; cachez vos » fronts humiliés sous le voile téné-» breux de la honte. Les dieux des en-» fers l'ont entendu : oui, lâches, vous » avez fui . . . . timides esclaves ; & pourquoi avez-vous fui ? Pourquoi, » par une bassesse indigne de vous & » de moi, avez-vous donné à Jesus » le nom de Fils de l'Eternel ? Mais afin que vous connoissiez celui qui, » parmi les Israëlites, veut se faire passer » pour un Dieu, écoutez-moi, & apprenez l'histoire de cet ambitieux.

» Vous n'ignorez pas que, depuis un tems immémorial, les Juifs conser-» vent une tradition qu'ils regardent » comme une prophétie : vous sçavez » aussi que, de toutes les nations que le

» ſoleil éclaire, le peuple Juif a tou-
» jours été le plus crédule, le plus
» ignorant & le plus fanatique. Fon-
» dés ſur cette chimere, ils ſe flattent
» qu'il naîtra parmi eux un Sauveur qui
» les affranchira pour jamais de la do-
» mination des ennemis qui les envi-
» ronnent, & qui rendra leur empire
» le plus puiſſant de toute la terre.
» Vous vous rappellez que quelques-
» uns d'entre nous vinrent nous ra-
» conter, il y a peu d'années, qu'ils
» avoient vu des légions d'anges cé-
» lébrer une fête brillante ſur le Tabor;
» & que, pleins de reſpect & de raviſ-
» ſement, ces anges avoient fait re-
» tentir ſans ceſſe le nom de Jeſus;
» que la cime des cédres en avoit été
» ébranlée, & que les forêts & les
» échos de la montagne avoient répété
» le nom de Jeſus; que l'orgueilleux
» Gabriel étoit deſcendu triomphant du
» haut du Tabor, avoit pris ſon vol
» vers la maiſon d'une femme Juive,
» étoit entré chez elle avec toutes les
» marques du plus profond reſpect;
» qu'il l'avoit ſaluée, comme on ſa-
» lue les immortels, & lui avoit an-
» noncé qu'il naîtroit d'elle un roi

» qui rendroit illustre à jamais l'héri-
» tage de David ; qu'elle donneroit à
» ce Fils du Tout-puissant le nom de
» Jesus ; & que l'empire qu'il établi-
» roit, dureroit éternellement. Voilà
» ce que vous avez entendu. De pa-
» reilles absurdités étoient-elles faites
» pour en imposer aux divinités des
» enfers ? J'ai été témoin de choses plus
» extraordinaires, & je n'en ai pas été
» ébranlé. J'aurai le courage de vous
» en faire un récit fidele, & je ne
» vous déguiserai pas la moindre cir-
» constance : vous verrez au moins
» par-là, que ma fermeté, loin de s'ab-
» batre, s'accroît par le danger même,
» si cependant on peut donner ce nom
» aux intrigues d'un fourbe qui prétend
» passer pour un Dieu ?

Satan, dans ce moment, apperçut sur lui les cicatrices du tonnerre, & se troubla. Mais rappellant bientôt tout son orgueil, & ranimant son audace, il continue en ces termes :

» J'attendois la naissance merveilleuse
» de cet Enfant divin. O Marie ! me di-
» sois-je à moi-même, le Fils de l'E-
» ternel va donc sortir de ton sein ?
» Sans doute, qu'aussi prompt que la

» vue de l'homme, aussi rapide que
» la pensée, cet Enfant va croître dans
» un instant, & portera sa tête jusqu'aux cieux. Il me semble le voir
» couvrir d'un de ses pieds la surface
» de la terre, & de l'autre l'immensité
» des mers. Il pesera le soleil & la
» lune dans sa droite terrible, & dans
» sa gauche les étoiles du matin. Je crois
» l'entendre venir; la mort le devance.
» Environné des orages qu'il a rassemblés de toutes les parties de l'univers,
» rien ne peut arrêter sa marche: il
» vole à la victoire. Fuis, Satan, fuis.
» Tremble que sa main puissante ne te
» précipite à travers tous les mondes,
» & ne t'ensevelisse à jamais dans les
» abysmes les plus reculés de l'espace
» infini. Telles étoient, esprits immortels, les idées que je m'en faisois.
» Mais il lui plut d'être homme, d'être
» un enfant infortuné comme tous les
» autres enfans de la terre, qui, au moment de leur naissance, gémissent déja
» sur leur mort.

» Il est vrai que la sienne fut célébrée
» par les chantres des cieux. Quelquefois ces vils esclaves descendent sur
» la terre où nous régnons, pour y

» chercher ces lieux de délices, qui l'em» bellissoient autrefois. Mais ils n'y » trouvent plus que des tombeaux & » des morts entassés, & regagnent » aussi-tôt les plaines du ciel, où ils » vont se consoler en chantant les » louanges de leur Maître. Voilà vrai» semblablement le motif de leur ap» parition sur la terre qu'ils abandon» nerent promptement, sans penser à » cet enfant malheureux, ou, si vous » l'aimez mieux, à ce Fils du Maître » du tonnerre, qu'ils oublierent dans » la poussiere.

» Quelque tems après, il prit la fuite » devant moi, & je le laissai fuir. Il » me parut indigne de moi de pour» suivre un ennemi si timide. Cepen» dant, pour ne pas rester oisif sur la » terre, j'inspirai à Hérode, mon fa» vori, ce roi choisi selon mon cœur, » l'affreux dessein de faire égorger dans » Bethléem tous les enfans à la mam» melle. Les ruisseaux de sang, qui cou» loient de tous côtés, les cris de ces » tendres victimes, les hurlemens, le » désespoir de leurs meres, & l'odeur » de tous ces cadavres, qui s'élevoit » en tourbillons vers moi, furent une

» offrande bien agréable pour le pere » des calamités.... Mais n'est-ce-pas » l'ombre d'Hérode, que j'apperçois » là-bas ? Réponds, ame sanguinaire, » n'est-ce pas moi qui te suggérai le » projet de détruire les enfans des Beth» léemites ? Crois-tu que le tyran du » ciel auroit pu étouffer dans toi, & puisse » jamais étouffer dans les ames des au» tres mortels, le poison de mes inspi» rations secrettes ? Non : il ne pourra » jamais les garantir de mes piéges, & » m'empêcher de les perdre. Apprends, » Hérode, que tes gémissemens actuels, » ton désespoir & tes remords inutiles » sont aujourd'hui aussi satisfaisans pour » mon cœur, que la possession des ames » de tous les infortunés que tu as fait » périr dans le peché, & en maudis» sant leur Créateur.

» Après la mort d'Hérode, l'Enfant » prétendu divin revint d'Egypte. » Ignoré du monde entier, il perdit » lâchement ses premieres années dans » les tendres embrassemens de sa mere. » Il ne fit entrevoir dans sa jeunesse » aucune étincelle de ce beau feu, » de cette noble ardeur, qui annon» cent les ames nées pour les grandes

» choses. Mais c'est peut-être au fond » de la solitude, & sur les rivages sté» riles qu'il fréquentoit si souvent, qu'il » aura préparé ces terribles projets » qui menacent l'enfer de sa ruine, & » qui exigent de notre part une nou» velle vigilance, un courage nouveau. » Nous pourrions peut-être le craindre » en effet, si, au lieu de s'amuser à la con» templation des fleurs de la campa» gne ; si, au lieu de perdre un tems » précieux avec les enfans dont il étoit » toujours environné ; & si, au lieu de » chanter en esclave les louanges de ce» lui qui ne l'avoit formé que de boue, » comme les plus vils reptiles, il avoit » nourri son esprit de pensées hautes » & sublimes. Sa conduite me donnoit » si peu d'occupation, que j'aurois péri » sur la terre dans l'ennui & le desœu» vrement, si je ne m'étois amusé à » vous envoyer dans les enfers, en » dépit du ciel que je bravois, toutes » ces ames qui semblent n'avoir été » créées que pour moi.

» Cependant il parut tout-à-coup » qu'il alloit devenir plus remarqua» ble. Un jour qu'il se promenoit sur » les bords du Jourdain, la gloire de

» Dieu descendit du ciel & l'environna.
» Je l'ai vue de mes yeux immortels.
» Ce n'étoit point une illusion ; c'é-
» toit la gloire de Dieu même, telle
» qu'elle brille, lorsque, descendue du
» thrône éternel, elle marche pom-
» peusement au milieu des rangs des
» séraphins prosternés ; mais j'ignore
» l'objet de cette apparition. Etoit-ce
» pour honorer Jesus, l'Enfant de la
» terre ? étoit-ce pour nous allarmer ?
» Voilà ce que je ne puis vous dire.
» Mais ce que je ne veux pas vous dis-
» simuler, c'est que, dans le même ins-
» tant, je distinguai une voix qui, au
» milieu du bruit du tonnerre, fit en-
» tendre ces paroles : VOILA MON
» BIEN-AIMÉ ! VOILA LE FILS D'A-
» PRÈS MON CŒUR ! Mais Eloa peut-
» être, ou quelqu'autre habitant des
» cieux, firent entendre cette voix pour
» me déconcerter : du moins j'ai lieu
» de le soupçonner. Ce n'étoit pas
» celle de Dieu, elle n'avoit pas ce
» ton terrible & imposant, avec le-
» quel il voulut nous contraindre ja-
» dis à reconnoître son Fils pour un
» Dieu supérieur à nous.

» Une espece de prophete, esprit

» sombre, que sa noire mélancolie fai» soit errer dans les déserts & parmi » les rochers, devançoit le Fils de Ma» rie, & faisoit répéter aux échos : » VOILA L'AGNEAU DE DIEU, VOI» LA CELUI QUI EXPIE LES CRIMES » DU MONDE. O TOI ! QUI ES DE » TOUTE ÉTERNITÉ, JE TE SALUE ! » C'EST DE TOI, SOURCE DE MISÉ» RICORDE, QUE DÉCOULE LE SA» LUT ET LA GRACE. DIEU, PAR LE » MINISTERE DE MOÏSE, NOUS A » DONNÉ SA LOI ; MAIS C'EST PAR » L'OINT DU SEIGNEUR QUE LA » VÉRITÉ EST DESCENDUE PARMI » NOUS. Ne trouvez-vous pas dans » ce discours quelque chose de bien » prophétique & de bien sublime en » effet ? & n'y reconnoissez-vous pas » les rêves d'un misérable visionaire » qui tâche d'en accréditer un autre ? » Ils réunissent tous leurs efforts pour » bâtir un systême absurde & mons» trueux, auquel ils donnent le nom de » *saint* : nous n'y comprenons pas plus » qu'eux-mêmes ; & ils croient avoir » tout prouvé, en disant que, nous au» tres esprits immortels, nous sommes » trop bornés pour pénétrer dans de si

» augustes mysteres. Ce divin Messie, » que nous avons vu dans le ciel, lui » à qui l'Eternel avoit confié sa fou- » dre, qui nous combattit avec des ar- » mes si puissantes, & qui nous fit fuir » jusqu'à l'extrémité des mondes; cet » ennemi si redoutable, cet ennemi si » digne de nous enfin, se seroit-il » avili jusqu'à venir se cacher sous cette » forme abjecte & périssable que nous » détruisons à notre gré ? Il est vrai » que le mortel, sur lequel le prophete » débite tant de merveilles, essaie, au- » tant qu'il peut, de se rendre considé- » rable aux yeux du vulgaire. Il se » transporte chez des malades tombés » en léthargie, qu'on fait passer pour » morts; & par sa vertu toute puis- » sante, il les rappelle miraculeuse- » ment à la vie. Mais ce n'est-là que » le commencement des grandes cho- » ses qu'il projette d'exécuter dans la » suite. Il ne se propose pas moins que » d'affranchir les hommes du peché & » de la mort; du péché, qui fait l'es- » sence de l'homme même, qui naît » & ne meurt qu'avec lui, & qui, » toujours indocile à la voix du de- » voir & de la raison, se souleve avec

» d'autant plus de fureur & d'impé» tuosité, qu'on a fait plus d'efforts pour » l'assujettir ! Il veut aussi les affran» chir de la mort ; de la mort, dont » la main docile égorge, au moindre de » nos signes, toutes les victimes que » nous lui indiquons, & qui moisson» neroit toute la race humaine, si nous » l'ordonnions.

» Et vous aussi, que je rassemble ici, » depuis la création, en plus grand nom» bre que les flots de la mer, & que » les astres des cieux, vous, ames re» prouvées, que les ténébres tourmen» tent dans les gouffres de l'abysme, » que le feu vengeur tourmente dans » les ténébres, que le désespoir tour» mente dans le feu, & que moi, plus » terrible encore, je tourmente dans le » désespoir même, c'est vous qu'il a ré» solu de délivrer ; & nous, déchus de » tout empire & de la divinité, nous » nous hâterons de tomber en escla» ves aux pieds du mortel nouvelle» ment déifié. Ce que n'a pu obtenir » de nous celui qui lance la foudre, » un vil habitant des plaines de la » mort l'obtiendroit ?... Insensé ! » commence par t'affranchir toi-même

» de la triste condition humaine, tu songeras
» geras après à ressusciter des morts ?...
» Il mourra ; oui, il mourra. Toi qui
» prétends par ta vertu, délivrer le genre
» humain du trépas, je t'ensevelirai
» pâle & défiguré sous la poussiere de
» la mort. Alors je dirai à tes yeux
» qui ne verront plus, à tes yeux que
» la nuit aura couverts d'un voile éter-
» nel : Ouvrez-vous, ouvrez-vous,
» voyez ressusciter les morts. Alors je
» dirai à tes oreilles qui n'entendront
» plus, à tes oreilles fermées pour ja-
» mais à tous les sons : Ecoutez, écou-
» tez le bruit des tombeaux qui s'en-
» tr'ouvrent ; voilà les morts qui res-
» suscitent ; & je crierai à ton ame,
» lorsqu'au sortir de ton corps elle
» prendra la route des enfers, sans
» doute pour venir nous y subjuguer,
» je lui crierai, dis-je, d'une voix ton-
» nante : Hâtes-toi, hâtes-toi ; tu viens
» de triompher sur la terre, viens triom-
» pher dans les enfers : une réception
» magnifique t'y attend : les portes
» s'ouvrent à ton aspect : entre : l'a-
» bysme s'apprête à te recevoir au
» bruit des acclamations : tous les
» dieux & tous les habitans du sombre

» empire volent au-devant de toi.... » Non; ou Dieu dans ce moment transportera le globe de la terre, le Messie & le genre humain dans le ciel » qu'il habite, ou j'acheverai ce que » j'ai résolu. Il mourra. Bientôt vous » me verrez, à la face même de l'Eternel, répandre sur le chemin des enfers la cendre des os desséchés de » ce vil imposteur. Voilà mes projets, » voilà comme Satan se venge. »

Satan dit; & le Messie avoit déja frappé son esprit de terreur. L'Homme-Dieu étoit encore parmi les tombeaux solitaires, lorsque les dernieres paroles du blasphémateur parvinrent à son oreille. L'air qui les apporta jusqu'à lui, détacha une feuille d'arbre sur laquelle s'étoit collé un insecte mourant. Du même regard dont il lui conserva la vie, il envoya le trouble & l'effroi dans l'ame de Satan. Les enfers interdits furent consternés à la vue de l'état où leur roi se trouva tout-à-coup. Il resta comme anéanti, & sa confusion éclata aux yeux de toute l'assemblée.

Au bas du thrône, étoit assis à l'écart, le triste Abdiel Abbadona. Plongé dans une sombre mélancolie,

& dechiré de remords, ce malheureux séraphin jettoit sans cesse un regard douloureux sur le passé & sur l'avenir. L'avenir ne présentoit à son esprit effrayé qu'un enchaînement de tortures, qui devoient se succéder éternellement sans interruption. Le passé lui rappelloit le souvenir de ces jours fortunés, qu'il avoit coulés dans l'innocence avec cet autre Abdiel qui, plus noble & plus heureux que lui, avoit eu la magnanimité, le jour de la révolte des anges, de résister à leurs séductions, & revint seul, couronné d'une gloire immortelle, se ranger auprès du Tout-puissant. Ebranlé par l'exemple de cet ami généreux, Abbadona s'étoit déja arraché aux sollicitations des ennemis de Dieu. Mais la vue des chariots de guerre, sur lesquels Satan lui promettoit de le ramener en triomphe, le bruit des trompettes guerrieres qui l'appelloient au combat, la confiance & l'audace de cette foule de héros enyvrés de l'espoir d'une divinité indépendante, subjuguerent son foible cœur, & l'entraînerent impétueusement. Dans ce moment encore, Abdiel jettant sur lui les regards de l'amitié indignée, fit tous ses efforts pour l'engager à le suivre; mais Abbadona égaré par l'orgueil, ne s'apperçut seulement pas de l'inquiétude & de la douleur de son ami : il courut se réunir à Satan.

Il ne se rappelle l'imprudence & l'aveuglement de sa jeunesse, qu'avec un désespoir qu'il tâche de cacher à tous les yeux & d'étouffer en lui-même. Abdiel & lui avoient été créés ensemble. Le sentiment d'une amitié réciproque leur avoit été imprimé par l'Eternel. Dès qu'ils s'apperçurent l'un l'autre, ils éprouverent un ravissement mutuel, & s'écrierent en même tems : » Ah ! séraphin, qui sommes-nous ? » D'où sommes-nous, ami divin ? Est-» ce toi qui m'as vu le premier ? De-» puis quand existons-nous ? Existons-» nous en effet ? ... Embrasse-moi, » mon bien-aimé. Qu'éprouves-tu ? » que penses-tu ? » ... Dieu, dans le moment, fit rejaillir sur eux un rayon de sa gloire : un chœur d'esprits célestes les environna, & un nuage argenté les souleva doucement jusqu'au thrône de l'Eternel; ils virent sa face, & en le voyant, ils s'écrierent : « O Créa-

» teur ! » Ce souvenir cruel tourmentoit Abbadona & déchiroit son cœur. Des larmes ameres couloient de ses yeux. Ainsi couloit sur les montagnes de Bethléem le sang des tendres victimes qui furent égorgées.

Il avoit écouté avec horreur le discours de Satan. Le sentiment d'indignation, dont il fut pénétré le tira de son accablement. Il se ranime, il se leve & veut parler; les soupirs étouffent sa voix : c'est ainsi que deux freres, qui, pendant la chaleur du combat, se sont portés des coups mortels, tombant étendus à côté l'un de l'autre, se reconnoissent en mourant, & font des efforts impuissans pour arracher de leur poitrine haletante l'expression de leurs regrets. Abbadona enfin fit entendre ces mots :

» Quoique sûr de trouver une op-
» position générale dans toute cette
» assemblée, je n'en dirai pas moins
» mon sentiment. Oui, je parlerai :
» ma franchise adoucira peut-être l'E-
» ternel ; & il n'appesantira pas sur
» moi ses jugemens séveres d'une ma-
» niere aussi terrible qu'il les appesan-
» tira sur toi, détestable satan ! je t'a-

» bhorre, oui, monſtre déteſtable, je » t'abhorre. Puiſſe ton Créateur, ton » Juge & le mien te redemander ſans » ceſſe cet être infortuné, cet eſprit » immortel que tu lui as enlevé! Puiſ- » ſent tous ceux que tu as ſéduits » comme moi, te maudire & te dé- » teſter à jamais! Vas, je romps tout » pacte avec le crime & l'impiété, & » je ne veux participer en rien au pro- » jet abominable que tu as formé de » faire périr le Meſſie; & contre qui, » malheureux Satan, exhales-tu tes fu- » reurs & ta rage? contre celui qui, » comme tu es obligé d'en convenir » toi-même, eſt plus puiſſant, plus re- » doutable que toi? Si Dieu a réſolu » d'affranchir le genre humain de la » mort & du peché, eſt-ce toi qui l'en » empêcheras? Quoi! tu veux détruire » le Meſſie? O ſatan! ne le connois- » tu donc plus? Les traces de ſon » tonnerre ſillonnent encore ton front » audacieux. Eſperes-tu trouver la Di- » vinité ſans défenſe contre d'auſſi foi- » bles ennemis que nous? Nous avons » ſéduit & perdu les hommes.... » Ah! malheur à moi! malheur à moi! » qui, comme les autres, ai contribué à

» les perdre. Furieux que nous sommes, nous voulons nous soulever » contre leur Rédempteur ? Nous nous » proposons de donner la mort au Fils » de l'Eternel, à celui à qui il a confié » la foudre ? Insensés, voulons-nous » donc encore, dans notre aveuglement, ôter à jamais à cette foule innombrable d'esprits, autrefois si parfaits, jusqu'à l'espoir d'une délivrance » à venir, jusqu'à l'espoir de quelque » adoucissement à leurs peines ? Crois-moi, Satan : autant il est vrai que » nous n'en sentons que plus vivement » nos maux, quand tu t'efforces à nous » peindre comme une demeure de » rois, ce séjour ténébreux de la mort » & des tourmens ; autant, dis-je, il est » vrai, que Dieu & son Messie te replongeront dans les enfers, couvert » de honte, au lieu du triomphe que » tu te promets. »

Satan n'entendit Abbadona qu'avec des transports de fureur. Il voulut lancer contre lui, du haut de son thrône, un rocher énorme ; mais son bras terrible resta engourdi par l'excès de sa rage : il frappa du pied contre la terre qui retentit au loin. Trois fois il frémit, trois fois il jetta un regard menaçant sur Abbadona, & ne put proférer un mot. Ses yeux obscurcis par les mouvemens qui l'agitoient, ne purent même exprimer toute la fureur & l'indignation qu'il éprouvoit intérieurement. Abbadona immobile étoit resté debout devant lui : son maintien étoit triste ; mais on remarquoit le courage & l'élévation de son ame à travers son accablement.

Cependant Adramélec, cet ennemi de Dieu, des hommes & de Satan, d'un ton de voix semblable au tonnerre qui gronde dans les flancs d'un ombre nuage, crie à Abbadona : » Lâche ! quoi ! tu oses outrager les di» vinités des enfers ? Quoi ! le plus mé» prisable de tous les esprits ose s'éle» ver contre Satan & contre moi ? » Esclave malheureux, si tu es tour» menté, tu ne l'es que par la bassesse » de tes propres sentimens. Fuis, ame » vile & pusillanime ; quitte les con» trées où nous regnons ; elles sont le » séjour des rois. Cache-toi dans les » profondeurs de l'abysme ; prie le Tout» puissant de t'y reléguer seul & de » t'y laisser éternellement dans les tour-

» mens & dans les pleurs. Mais tu préfé-
» rerois peut-être la mort? Eh bien!
» meurs donc, si tu le peux ; & servile-
» ment courbé vers le ciel, péris en ado-
» rant le tyran qui t'opprime ; & toi, ma-
» gnanime Satan, toi qui, dans les plaines
» célestes, as osé t'appercevoir de ta
» propre grandeur & sentir la divinité
» de ton être ; toi qui, avec un courage
» indompté, as resisté à Jéhova ; toi
» créateur futur de mondes innombra-
» bles, viens, Satan, viens, faisons
» connoître à ces esprits bas & ram-
» pans de quoi nous sommes capables.
» Signalons-nous par des entreprises
» qui les étonnent. Viens : toutes les
» ressources de la ruse, tous les moyens
» de détruire se présentent à mon esprit.
» La mort les suivra. Aucune issue,
» aucun guide ne tireront le Messie du
» labyrinthe où je vais l'embarrasser.
» Mais en supposant même qu'il par-
» vînt à se démêler des piéges que
» je vais lui tendre, & que celui qui
» régne dans l'olympe lui communi-
» quât la force & l'entendement
» d'un Dieu pour nous échapper, un
» déluge de feu le consumeroit bien-
» tôt, ou il périroit nécessairement dans
» les

les coups redoublés dont nous accablâmes autrefois Job sous les yeux du Ciel même, qui voulut inutilement le protéger contre nous. Fuis, terre, fuis : nous allons répandre sur ta surface tous les traits de la mort, & tous les fléaux des enfers. Malheur à quiconque osera nous résister sur ce globe, le siége de notre empire ! »

Ainsi parla Adramélec, & l'enfer applaudit avec fureur au projet de Satan. Fiers de la victoire qu'ils se promettent, les habitans du sombre empire poussent des cris de joie, & frappant la terre à coups redoublés, comme des rochers qui s'écroulent, ils font retentir les voûtes de l'abysme ébranlé. La mort du Messie est résolue d'un consentement universel : un pareil forfait n'avoit pas encore été imaginé depuis la création. Les deux monstres qui en conçurent le projet, Satan & Adramélec descendirent du thrône, pleins de leurs espérances chimériques, & ne respirant que vengeance. Les marches du thrône résonnerent sous leurs pas, comme des montagnes d'airain : une acclamation général[illegible] e ardent comme le présage [illegible], & qui augmente leur audace, les accompagne jusqu'aux portes des enfers.

Le seul Abbadona étoit resté inébranlable : cependant il les suit de loin, pour essayer de les détourner de leur projet affreux, ou pour en voir l'événement. Il avançoit d'un pas lent, lorsque, sans y penser, il se trouve auprès des anges qui gardoient l'entrée de l'abysine. Qu'éprouvas-tu, malheureux Abbadona, lorsque, dans l'un de ces deux anges, tu reconnus l'invincible Abdiel ? Il baisse les yeux en soupirant : tantôt il veut retourner sur ses pas, puis il veut l'aborder ; mais retenu par la honte, il veut s'enfuir dans les enfers. Tremblant, irrésolu, il s'arrête enfin : il fait un effort sur lui-même, & s'avance tristement vers le séraphin. Son cœur palpite ; un torrent de larmes, de ces larmes que les anges seuls répandent, inondent son visage : un frissonnement plus affreux que celui de la mort, s'empare de lui. Cependant Abdiel, les yeux paisiblement fixés sur les merveilles de la création, ne vit point Abbadona. Le séraphin fidele brilloit de tout l'éclat que reçut le soleil à sa naissance, & il avoit toute la séréité du printems, lorsque, pour la premiere fois, il porta la chaleur & la fécondité dans les entrailles de la terre ui venoit d'éclorre ; avantages perdus jamais pour le coupable Abbadona. »Hélas! dit-il en lui-même, Abdiel, »mon frere, quoi! c'est donc pour tou»jours que tu veux t'arracher à moi? »Tu veux me laisser gémir éternelle»ment loin de toi dans les horreurs de l'abandon & de la solitude? Enfans »de la lumiere, versez des larmes sur mon sort : mon frere Abdiel ne m'aime plus ; il ne m'aimera plus : »pleurez sur moi. Bosquets enchantés, où nous nous sommes si souvent entretenus de Dieu & de notre tendre amitié, cessez de vous couvrir de fleurs ; & vous, célestes ruisseaux sur les bords desquels nous chantions les louanges du Tout-puissant, cessez de couler : Abdiel est mort éternellement pour moi. Sombre demeure, séjour des tourmens & de la nuit éternelle, enfers, joignez vos regrets aux miens ; & que mes cris nocturnes & lamentables retentissent dans vos cavernes. Abdiel mon frere, Abdiel est mort à jamais pour moi! »

C'est ainsi que gémissoit intérieurement le malheureux Abbadona, & il détournoit la vue de dessus son ancien ami dont il ne pouvoit supporter l'éclat. Il arrive à l'entrée des mondes ; la lumiere, la rapidité & le bruit du mouvement des astres l'épouvante. Depuis des siécles entiers, cherchant toujours la solitude, & toujours en proie à la douleur, il avoit oublié les beautés de l'univers. Il s'arrête à ce spectacle ; & plongé dans de tristes réflexions, il s'écrie en soupirant :

» Ah ! s'il m'étoit encore permis de » franchir ce passage, & de rentrer de » nouveau dans les mondes du Créa» teur ! S'il m'étoit permis de fuir pour » jamais le séjour de la nuit éternelle ! » Soleils, enfans innombrables, vous » que j'ai vu sortir du néant à la voix » de l'Eternel, j'ai existé avant vous, & » j'étois plus brillant & plus radieux que » vous, au moment même où vous sor» tîtes de ses mains. Vous avez con» servé vôtre éclat, & me voila aujour» d'hui enseveli dans une obscurité » éternelle ; me voilà devenu un objet » d'épouvante & d'horreur pour ce ma» gnifique univers. Ciel fortuné, ciel où

» je devins un pécheur, où je me soule-
» vai contre mon Maître, hélas ! ce n'est
» qu'en tremblant que j'ose lever les
» yeux jusqu'à toi. Repos immortel, dont
» j'ai si long-tems joui dans cet asyle de
» la paix & du bonheur, qu'es-tu de-
» venu ? A peine le Juge sévere qui m'a
» condamné, me permet-il d'éprouver,
» à l'aspect de ses ouvrages, le senti-
» ment d'une triste admiration qui
» ajoûte encore à mon supplice.....
» Ah ! si j'osois seulement l'appeller du
» nom de Créateur !.... Hélas ! je ne
» porterois pas mes desirs jusqu'à lui
» donner le tendre nom de Pere, qu'il
» n'est permis qu'aux anges fideles de
» lui donner.... O Juge de l'univers !
» je n'oserois seulement te conjurer
» de vouloir bien jetter un regard sur
» moi, dans l'abysme où je suis perdu...
» Sombres pensées remplies de tour-
» mens.... & toi farouche désespoir,
» exerce ta rage ; oui exerce ta rage ;
» continue de déchirer mon cœur....
» Encore si je pouvois cesser d'exis-
» ter !... O jour affreux ! jour funeste ;
» où le Créateur me donna l'être, je te
» déteste, je te maudis ; oui je te maudis,
» jour à jamais sinistre, où les immor-

» tels se féliciterent d'avoir en moi un
» nouveau frere. . . . Eternité, mere
» de tourmens infinis, pourquoi le fis-
» tu éclorre ce jour déplorable? . . .
» Ah! s'il étoit indispensable qu'il exis-
» tât, pourquoi n'est-il pas resté enve-
» loppé des ténébres d'une nuit obs-
» cure, comme celle qui environne
» le Tout-puissant, lorsqu'il rassemble
» les orages autour de lui? Pourquoi
» vit-il naître des créatures? Pourquoi
» ne fut-il pas anéanti sous la malédic-
» tion de l'Eternel? . . . Blasphémateur
» impie, & contre qui éclates-tu à la
» face de l'univers? . . . Soleils écrasez-
» moi . . . astres des cieux, couvrez moi,
» dérobez-moi aux traits de la fureur
» de l'ennemi, du Juge impitoyable
» qui me poursuit du haut du thrône de
» la vengeance! . . . O toi, dont les
» arrêts sont irrévocables, Juge su-
» prême, divin Créateur, Pere des mi-
» séricordes, me laisseras-tu sans espoir
» pour toute l'éternité? Seras-tu donc
» inflexible? Ne mettras-tu point de
» terme? . . . Hélas! le désespoir m'é-
» gare. . . . Malheureux . . . . j'ai blas-
» phémé Jéhova . . . . je l'ai nommé de
» ces noms augustes, de ces noms re-

» doutés qu'il n'est pas permis au
» pécheur de prononcer .... où fui-
» rai-je ?... Déja le tonnerre est parti
de sa main vengeresse, & s'avance, en grondant à travers l'espace infini....
» fuyons .... mais où fuirai-je ?... »
En disant ces mots, il jette une vue égarée sur les profondeurs de l'abysme, & s'écrie : « Dieu destructeur,
» Dieu trop terrible dans tes jugemens,
» excite la flamme de ces gouffres brû-
» lans ; crées-y un feu dévorant, un
» feu capable de consumer les esprits. »
Il se retourne du côté des mondes, prend son essor & arrive, dans un instant, sur un soleil élevé. Il s'y arrête, & promene ses regards sur toute l'étendue de la création. Il contemple les différens astres qui, semblables à des mers enflammées, se pressent & s'entre-choquent dans leur cours. Il apperçoit une terre errante dans l'immensité de l'espace, & qui approchoit du soleil sur lequel il étoit. Son dernier jour étoit venu, & son jugement alloit lui être prononcé. Il en sortoit déja, de toutes parts, des tourbillons de fumée. Abbadona s'y précipite, dans l'espoir d'être détruit &

anéanti avec elle. Espoir inutile ! Ainsi que, dans un tremblement de terre, on voit une montagne dont les entrailles sont remplies des ossemens des guerriers qui s'y sont engorgés, s'enfoncer insensiblement, & disparoître tout-à-coup, ainsi le malheureux Abbadona, le cœur déchiré de remords & de douleurs toujours renaissantes, passe à travers l'épaisseur de ce globe enflammé & descend lentement sur le nôtre.

Satan & Adramélec s'en approchoient aussi, dans le même moment. Ils marchoient l'un à côté de l'autre; mais chacun occupé de lui-même, étoit comme s'il eût été seul. Adramélec découvrit la terre le premier, dans une distance infinie; mais il la reconnut.

« La voilà donc, dit-il en lui-même; » & les pensées perverses se succédoient dans son ame, comme les vagues que l'Océan poussoit contre le continent, lorsqu'il détacha l'Amérique des trois autres parties du monde : « Oui c'est » elle ; oui c'est-là que bientôt j'établi- » rai le siége de tous les maux, & qu'à » la face des enfers étonnés, j'éleverai » mon empire sur les ruines de celui de » Satan. Mais pourquoi bornerois-je mon

» empire au seul globe de la terre ? Pour-
» quoi ne l'étendrois-je pas aussi sur tous
» ces corps lumineux qui remplissent
» l'immensité des cieux ? Oui, je veux
» que la mort porte ses ravages d'un astre
» à l'autre jusqu'aux frontieres du séjour
» qu'habite l'Eternel, & qu'il en soit té-
» moin. Alors je ne me contenterai pas,
» comme le timide Satan, de détruire les
» habitans des mondes les uns après les
» autres ; je les exterminerai par généra-
» tions entieres ; je les coucherai sur la
» poussiere, où mon œil satisfait les verra
» s'agiter dans les convulsions de la
» mort. Alors triomphant, & seul maî-
» tre de l'univers, je m'éleverai un
» thrône, du haut duquel je contem-
» plerai toute l'étendue de la nature
» dont j'aurai fait un vaste tombeau ;
» & je rassasierai mes regards du spec-
» tacle de ce gouffre épouvantable,
» rempli de cadavres corrompus. Si l'E-
» ternel crée de nouveaux êtres dans
» les mondes dévastés, ce seront au-
» tant de nouvelles victimes que je sé-
» duirai, & que je détruirai avec le
» même succès & la même audace.
» Adramélec, oui, tu es seul capable
» d'enfanter & d'exécuter de pareils

» projets. Il ne te manque plus que » d'imaginer un moyen pour donner » la mort aux esprits même, pour dé- » truire l'odieux Satan, & anéantir jus- » qu'au souvenir de son existence. Il ne » te convient pas d'agir sous ses ordres, » & d'exécuter en son nom une entre- » prise telle que celle qui nous amene » ici. Et toi, ame sublime, génie fé- » cond & puissant qui animes Adra- » mélec, suggere-lui, fais naître en » lui la faculté inconnue de détruire les » esprits, & de leur donner la mort. » Oui, tue-les, Adramélec, ou cesse » d'exister : il vaut mieux cesser d'être, » que de vivre & ne pas régner. Il est » tems de rassembler & de déployer » toutes mes ressources, & de les met- » tre en action, comme autant de dieux » destructeurs ; il est tems de consom- » mer enfin ce que je médite depuis » des éternités ; en voici le moment, » puisque si Satan ne se trompe pas, » Dieu s'est reveillé de nouveau, & qu'il » envoie contre nous un Rédempteur, » pour arracher les hommes à l'empire » que nous avons usurpé sur eux. Mais » je veux qu'en effet Satan ne se trompe » pas, & que le Mortel qu'il a vu,

» ſoit le plus grand Prophete qui ait » paru depuis Adam ; qu'il ſoit véritablement un Meſſie, un Envoyé du » Tout-puiſſant ; eh bien ! la victoire » n'en ſera que plus glorieuſe pour moi, » elle ne m'en rendra que plus digne » d'occuper le thrône des enfers qui » s'empreſſeront de me l'offrir. Mais » ce que j'attends ſur-tout de mon cou» rage, & ce que ſeul je ſuis en état » d'exécuter, c'eſt de perdre mon rival, » c'eſt de perdre Satan même avant le » Meſſie. Ce coup d'éclat peut ſeul » m'affranchir de toute dépendance. » Oui, que Satan tombe ſous mes » coups, & ſoit ma premiere victime ; » & dès ce moment, me voilà le ſou» verain monarque de tous les dieux » du ſombre abyſme.... Foible Satan, » combien d'efforts il t'en coûte pour » donner la mort au corps du Meſſie !.. » Je veux bien encore t'abandonner » cette legere victoire, avant de te faire » périr toi même : oui, tue-le, j'y con» ſens ; détruis ſon corps d'argille.... » c'eſt à l'ame qu'Adramélec en veut ; » c'eſt-elle qu'il veut frapper & anéantir : » pour toi, Satan, parviens, ſi tu peux, » à diſſoudre ſon enveloppe mortelle. »

C'est ainsi que l'esprit d'Adramélec égaré par les fureurs de l'ambition, se perdoit dans de noirs projets. Dieu, qui voit tout & qui lisoit dans l'avenir, lut ce qui se passoit dans son cœur, & le méprisa. Cependant, fatigué par ses propres pensées, Adramélec, sans s'en appercevoir, s'arrête sur un nuage qui s'étoit amoncelé autour de lui. Ses yeux étoient immobiles; son front étoit sillonné par la fureur. Le bruit de la rotation de la terre, qui augmentoit avec le calme de la nuit, arrache le barbare à ses rêveries perverses. Il rejoint Satan, & ils avancent ensemble comme deux ouragans impétueux. Tels des chariots d'airain armés de faulx meurtrieres que des guerriers ont poussé du haut des montagnes qui cachent leur tête dans les nuës, roulent avec un bruit épouvantable sur les rochers, portent la terreur & la mort de tous côtés, & volent à travers les vallées contre le chef intrépide & tranquille de l'armée ennemie; c'est ainsi que Satan & Adramélec, pleins de l'affreux projet de trouver le Sauveur & ses disciples, s'abbatent sur la montagne des oliviers.

Fin du Chant II.

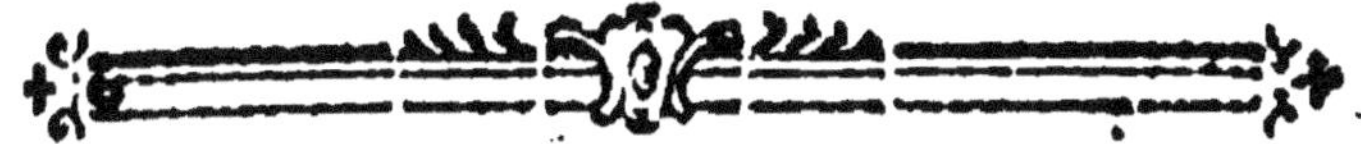

CHANT TROISIEME.

ARGUMENT.

Le Messie est encore parmi les tombeaux avec Jean. Les souffrances de la rédemption se font sentir plus vivement. Eloa descend du ciel, pour voir les actions du Sauveur. Les ames des patriarches, qui sont dans le soleil, envoient le séraphin Sélia sur les traces de Jesus que l'obscurité de la nuit dérobe à leurs regards. Le Messie s'endort pour la derniere fois. Les disciples inquiets de son absence, le cherchent par toute la montagne des oliviers. Leurs anges tutelaires peignent le caractere de chacun d'eux au séraphin Sélia. Satan apparoît en songe à Judas, sous la figure de son pere. Le Messie s'éveille, vient vers les disciples & les entretient de leur séparation prochaine. Iscariot se tient caché à l'écart, & entend ce que dit le Messie. Il commence à sentir l'effet des funestes impressions de Satan, & de sa propre mechanceté naturelle.

CHANT TROISIEME.

O TERRE ! séjour de ma naissance, je te revois enfin, & je te salue. C'est dans ton sein que j'ai puisé la vie ; c'est dans ton sein qu'un jour je m'endormirai paisiblement à côté des élus du Seigneur : c'est toi qui couvriras doucement mes os ; mais ce ne sera, je l'espere, que lorsque j'aurai conduit à sa fin le saint cantique que j'ai commencé à la gloire de mon Sauveur. Qu'au bout de cette carriere, ces lévres qui auront chanté le Bienfaiteur du genre humain ; que ces yeux à qui il a fait si souvent répandre des larmes de reconnoissance, se ferment pour jamais ; j'y consens : alors mes amis, pleins de tendres regrets, & laissant échapper de douces plaintes, viendront planter des palmes & des lauriers autour de mon tombeau ; & lorsqu'un jour mon corps purifié & revêtu d'une forme céleste, s'éveillera d'entre les morts, il sortira radieux & triomphant du milieu de ces bosquets tranquilles.

Et toi, Muse de Sion, toi qui viens de ramener mon esprit encore tremblant, des enfers ou tu l'avois conduit ; toi qui puises dans les regards de Dieu même les leçons de la justice & de la sévérité, mais qui cependant daignes sourire à ceux qui sont dociles à tes leçons, fais percer un rayon de la lumiere céleste dans mon ame encore émue de l'impression des objets hideux quelle a vus ; ramenes-y le calme & la sérénité : instruis-la de nouveau, & rends-la digne de chanter son divin Rédempteur.

Jesus étoit encore seul avec Jean, au milieu des tombeaux. Assis dans l'obscurité, parmi les ossemens épars, il étoit lui-même, en ce moment, l'objet de ses propres méditations : il se considéroit tout-à-la-fois, comme le Fils du Tout-puissant, & comme un homme destiné à la mort : tous les crimes du genre humain se présentoient à ses yeux ; tous ceux que les enfans d'Adam ont commis depuis la création, & tous ceux que sa postérité plus perverſe devoit encore commettre. Satan paroiſſoit au milieu de cette foule innombrable de coupables, & régnoit inſolemment ſur tous les ennemis de Dieu. Il les éloignoit de la vue du Sauveur, & les raſſembloit autour de lui. C'eſt ainſi qu'un gouffre de l'Océan ſeptentrional, toujours ouvert à la deſtruction, & caché ſous des nuages qui le couvrent éternellement, attire à lui les eaux de ſa mer, & les engloutit avec leurs habitans qui ne s'en défient pas. Jeſus voyoit Satan environné des crimes de la terre : il leve les yeux vers ſon Pere, qui laiſſe auſſi tomber ſes regards ſur lui. L'arrêt redoutable étoit déja écrit ſur le front de l'Eternel : déja ſon tonnerre retentiſſoit dans le lointain. Le Meſſie conſterné, en proie aux douleurs les plus vives, reſtoit debout en ſilence : cependant les charmes inexprimables d'un ſourire divin brilloient encore ſur ſon viſage. Ce fut alors que, pour la ſeconde fois, les ſéraphins virent verſer des larmes au Tout-puiſſant. Il avoit répandu les premieres, quand Adam pécha & fut maudit. Tandis que le Pere & le Fils avoient leurs regards attachés l'un sur l'autre, toute la nature en silence s'humilia devant eux: les globes divers, saisis de respect, restent sans mouvement, & le chérubin attentif à l'action des Immortels poursuit sa route à travers les nuës qu'il craint d'agiter du bruit de ses aîles. Dans ce moment, Eloa enveloppé d'un nuage d'or, descendit sur la terre, pour y être témoin des larmes d'humanité, que répandoit le Sauveur. Jean l'apperçut, lorsqu'il remontoit au ciel. Jesus avoit dessillé les yeux de son disciple, afin qu'il pût voir le séraphin. Enchanté de ce spectacle inconnu aux humains; dans les transports de son ravissement, il embrasse son Maître avec ardeur; il l'appelle son *Rédempteur* & son *Dieu;* à peine peut-il proférer ces mots, & le tient toujours étroitement serré contre son sein.

Les autres disciples, qui n'avoient pas vu leur Maître depuis long-tems, le cherchoient tristement dans l'obscurité au pied de la montagne des oliviers. A l'exception d'un seul qui ne vénéroit plus aussi sincérement Jesus, tous étoient des hommes parfaits: ils ne connoissoient pas eux-mêmes toute l'excellence de leurs ames ; Dieu la connoissoit mieux. Il les avoit créés dignes d'être un jour les témoins de l'accomplissement de ses décrets. Le perfide qui trahit le Messie, en auroit été le témoin comme eux, s'il n'avoit pas deshonoré le caractere céleste de disciple, dont il avoit été revêtu. Avant que leurs ames fussent unies à des corps mortels, des siéges d'or avoient déja été préparés pour eux dans le ciel, à côté de ceux des vingt-quatre vieillards. Mais un jour un nuage descendu du thrône de Dieu, vint s'étendre sur un de ces siéges. Bientôt ce nuage se dissipa, & fut remplacé par une lumiere éclatante. Alors Eloa dit à haute voix : « Cette place vient de lui être » ôtée, elle est donnée à un autre; » qui en est plus digne que lui. »

Alors les gardiens des disciples, les anges de la terre, qui sont sous les ordres de Gabriel, se transporterent sur les hauteurs de la montagne des oliviers. De-là, sans être vus, ils contemploient avec attendrissement ces hommes vertueux, confiés à leurs soins, qui cherchoient le Médiateur, en versant des larmes. Tout-à-coup le séraphin Sélia, un des quatres génies qui, après Uriel, président au globe qui éclaire la terre, se présente devant eux & leur dit :

» Instruisez-moi, mes célestes amis, » de l'endroit où est le sublime Messie, où » il porte à présent ses pas ? Les ames des » patriarches m'envoient vers lui, pour » suivre en secret ses divines traces, & » pour observer toutes les merveilles » de la rédemption. Il faut que je re» cueille jusqu'au moindre mot, jus» qu'au moindre soupir, qui sortiront » de sa bouche sacrée. Il ne doit pas » partir de ses yeux un regard de bonté, » il n'en doit pas couler une larme, » une de ces larmes de tendresse, qui » caractérisent tout-à-la-fois, & la gran» deur d'un Dieu, & la sensibilité d'un » mortel, que je ne les remarque. ... » O terre ! pourquoi dérobes-tu si-tôt à » la vue des saints peres la plus belle » de tes contrées ? ces lieux heureux » que l'Eternel, caché sous les traits de » l'humanité, honore de sa présence ? » ces lieux où il commence à éprou» ver les douleurs du sacrifice que lui » impose sa qualité de médiateur ? Hé» las ! pourquoi te soustrais-tu si-tôt à

» la lumiere du soleil qui va porter, » malgré lui, ses tristes rayons sur l'au- » tre partie de l'hémisphere? Ni la va- » rieté de ces vallons qu'il découvre » successivement, ni la vue de ces mon- » tagnes qui semblent se réveiller à » son aspect, n'ont de charmes aux » yeux des patriarches, puisque le » Messie n'y porte pas ses pas. »

Ainsi parla Sélia. Le séraphin Orion, ange tutelaire de Simon, lui répondit: « Regarde parmi les tombeaux lugu- » bres, qu'on découvre là-bas sur le » penchant de la montagne des oli- » viers, tu y verras le Messie plongé » dans la méditation. » Sélia l'apperçut; & plein d'un ravissement intérieur, il demeura sans mouvement, les yeux fixés sur lui: deux heures s'étoient déja écoulées rapidement, que le séraphin étoit encore dans la même attitude. Dans ce moment, les yeux du Sauveur se fermerent pour la derniere fois, à la douceur du sommeil. Dieu lui-même avoit envoyé du Saint des Saints sur des nuages paisibles ce sommeil rafraîchissant, qui vint s'étendre sur lui, avec un doux murmure. Jesus s'endort; alors Sélia se plaçant au milieu des gardiens des disciples, se tourne vers eux, & leur dit d'un ton de voix plein de charmes :

» M'apprendrez-vous, mes célestes » amis, qui sont ces hommes que je » vois, le long de cette colline, mar» cher d'un air abbatu, & qui annonce » les regrets ? Une douleur profonde » & muette est peinte sur leurs visa» ges ; mais elle n'en altere pas les » traits : leur douleur est l'expression » de la douleur des grandes ames. » Peut-être pleurent-ils un ami qui les » égaloit en vertus, & que la mort » vient de leur enlever....

» Ce sont, répondit Orion, les » douze saints que Jesus a choisis pour » être ses confidens. O Sélia ! que nous » sommes heureux d'avoir été choisis » nous-mêmes pour être leurs gardiens » & leurs amis ! Notre ministere nous » rend sans cesse les témoins de la ten» dresse & de l'affabilité avec lesquelles » leur Maître se communique à eux, de » la bonté avec laquelle il les instruit. » Tantôt par des discours pleins d'une » force victorieuse, il leur ouvre l'en» trée aux mysteres les plus sublimes ; » tantôt il leur peint la vertu immor-

» telle ; & par des comparaisons tirées » des choses humaines, il la rend plus » intéressante & plus sensible à leurs » cœurs. C'est ainsi, qu'il les forme, » & qu'il les prépare à l'éternité. Nous » nous instruisons nous-mêmes, en » l'écoutant ; nous devenons plus » parfaits, en suivant son exemple. » Ah! Sélia, si, comme nous, tu le » voyois tous les jours, si tu connois- » sois sa douceur inaltérable, sa vie » pure & céleste, cette vie digne de » l'Eternel, ton cœur se perdroit dans » un ravissement inexprimable! Tu ne » serois pas moins sensible au portrait » que ses disciples font de lui, lors- » qu'inspirés par la reconnoissance, ils » s'entretiennent ensemble de ses ver- » tus : les immortels même les écou- » tent avec attendrissement. O mes » amis, ils l'aiment aussi ardemment » que nous nous aimons entre nous.

» Je l'ai dit souvent, & je le répete » encore : oui, j'ai quelquefois sou- » haité d'être homme, d'être un en- » fant de la race d'Adam! Je renon- » cerois volontiers à l'immortalité, s'il » étoit possible d'être mortel, sans être » en même tems sujet au péché. Il me semble qu'alors je le révérerois plus sincérement, que je le chercherois avec plus de tendresse. Je le regarderois comme mon frere, comme un frere né de la même chaïr & du même sang que moi. Avec quelle joie je donnerois ma vie pour lui, lui qui auroit commencé à donner la sienne pour moi ! Au milieu des flots de mon sang innocent, les yeux couverts des ombres de la mort, je le louerois, je le bénirois avec transport. Le foible bruit de mes derniers soupirs, mes derniers cris, en expirant, frapperoient l'oreille de la Divinité aussi agréablement que les sublimes cantiques qu'Eloa fait retentir devant son thrône. Alors, toi Sélia, ou l'un de ces hommes pieux, vous fermeriez mes yeux d'une main que je ne verrois plus, vous recueilliriez mon ame fugitive, & vous la porteriez devant le thrône de l'Eternel....

» Que vous m'attendrissez, répondit Sélia ! Vous excitez aussi en moi le desir de me voir au nombre des mortels. Ceux que j'apperçois là-bas au-dessous de nous, sont donc

» les

» les douze amis que le Rédempteur » s'est associés ! O vous, hommes pré» cieux ! vous dont les séraphins même » envient le sort au prix de l'immorta» lité, soyez à jamais bénies, créatu» res fortunées que le Sauveur du » monde chérit comme des freres ! » Des siéges d'or vous attendent dans » les régions celestes, & vous y ju» gerez un jour l'univers avec votre » Maître. Nommez-les moi, anges tu» telaires ; faites-moi connoître ces » noms sacrés qui brillent dans le livre » de la vie, au-dessus de tous les noms. » Qui est celui qui s'avance le premier ? » Son regard étincellant se porte avec » impatience autour de lui : on voit » qu'il cherche à découvrir quelqu'un, » Jesus peut-être, dans cette forêt ob» scure. L'élevation de l'ame & le feu » du courage respirent dans toute sa » personne. Eclairez-moi sur l'intérieur » de ce mortel intéressant, qui paroît » réunir tant d'ardeur à tant de sensibi» lité. »

» Celui dont tu parles, répon» dit le séraphin Orion, c'est Simon » Pierre, un des plus distingués des disciples. Le Sauveur l'a confié à ma

» garde. Il eſt tel en effet, que ſon » extérieur l'annonce. Ah! Sélia, ſi, » comme moi, tu pouvois le ſuivre » juſques dans ſes moindres actions; » ſi tu le voyois lorſqu'il eſt avec le » Meſſie, lorſqu'il l'écoute, & qu'il » dévore ce qu'il dit; ou, lorſqu'au » fond de quelque ſolitude, éloigné » de l'œil de ſon Maître, & n'ayant » que moi pour témoin, il médite ſur » l'Être ſuprême, alors, ſéraphin, alors » tu concevrois encore une plus haute » idée de ſon ame céleſte!

» Jeſus, il y a quelques jours, de» mandoit à ſes diſciples pour qui ils » le prenoient? Pour qui? s'écria Pierre » avec ardeur, ah! nous te prenons » pour le Chriſt, pour le Fils du Dieu » vivant! L'excès de ſon attendriſſe» ment lui permit à peine de pronon» cer ces mots, des larmes de joie inon» doient ſon viſage; nous ne pû» mes retenir les nôtres. Mais, hélas! » j'ai entendu le Meſſie dire à Pierre: » Tu me renieras trois fois.... Triſtes » paroles, que m'annoncez-vous? Ah! » Simon, ah! mon frere, les as tu » entendues? Si tu les as entendues, » quelle impreſſion ont-elles fait ſur

» toi ? . . . A la vérité, tu répondis avec » confiance : Non, je ne renierai ja» mais mon Rédempteur & mon » Dieu ? Mais Jesus te répéta une se» conde fois la même chose. Ce sou» venir me déchire le cœur. Ah ! tu » mourras plutôt que de méconnoître » un ami si précieux, ton tendre Ami, » ton immortel Ami ! Dans ce moment » même, tu as dû sentir combien tu » étois cher à son cœur. Il jetta sur toi » le regard d'une affection divine. Non, » Pierre, non, jamais tu ne le trahiras » lâchement. »

Ce discours pénétra Sélia d'une tendre douleur. « Non, dit-il, non, mon » cher Orion, ce disciple ne trahira » jamais lâchement son immortel Ami. » Jettes les yeux sur lui : vois comme » brille en toute sa personne le carac» tere de la droiture & de la sincérité ? » Mais quel est cet autre sur le front » majestueux duquel se peignent & » l'enthousiasme de la vertu & la haine » inflexible du vice ? Il paroît un des » amis de Simon ; & quand il seroit » son frere, il ne pourroit marquer ni » plus d'intimité ni plus d'empresse» ment pour lui. »

Sipha prenant la parole, lui dit: » Ce disciple commis à ma garde, & » qui, dans ce moment, attire tes re» gards, est André, frere de Pierre. » Ils ont été nourris ensemble : Orion, » & moi nous avons pris soin de for» mer leurs ames dès leur plus tendre » enfance. Ils commençoient à peine » à sourire aux caresses de leur tendre » mere, que nous les préparions déja » à cet amour plus parfait qui devoit » un jour les unir au Messie. André » étoit encore à la suite de Jean, lorf» que Jesus l'appella à lui sur les bords » du Jourdain. Les merveilles que Jean » annonçoit de l'arrivée du Messie, » remplissoient encore le cœur d'An» dré, lorsque Jesus l'attira à lui par un » regard plein d'une force victorieuse: » il se sentit tout-à-coup embrasé d'un » feu divin, & vola au-devant de » lui. »

Alors Libaniel, ange tutelaire de Philippe, parla ainsi : « Ce mortel pai» sible, dont l'air annonce toutes les » vertus sociales, c'est Philippe : le » sentiment de la bienfaisance sourit » dans tous les traits de son visage se» rein. Sa plus forte passion est de par-

» venir à chérir comme ses freres tou» tes les créatures que Dieu a for» mées à son image. La douce persua» sion coule de ses lévres, comme la » rosée du matin distille de l'Hermon, » comme les parfums que répand le » souffle des zéphyrs....

» Qui est reprit Sélia, celui qui s'a» vance à pas lents sous ces cédres ? » Le désir de la gloire étincelle dans » ses yeux. Il a l'air & le port d'un de » ces hommes de génie, qui consa» crent leurs travaux à l'instruction de » la postérité, & dont le nom devient » plus illustre de génération en géné» ration. Leur réputation ne se borne » pas à la terre; elle parvient souvent » jusqu'aux cieux : vous le sçavez, séraphins; & s'ils ont pris l'Eternel, ou son Messie, pour les objets de leurs veilles, nous nous faisons un devoir d'en instruire les immortels....

» Celui que tu vois, dit le séraphin Adona, est Jacques, fils de Zébédée. Sa généreuse ambition n'est dirigée que vers les choses célestes. Tous ses efforts sur la terre ont pour unique but de paroître pur & sans tache au tribunal de l'Eternel, & de

» son Fils, & d'être déclaré tel par la
» sentence du Juge suprême, à la face
» de tous les hommes ressuscités. Son
» ame sublime dédaigne toute autre
» gloire. Dès qu'il apperçoit le Mes-
» sie, il vole au-devant de lui, & il
» éprouve le même sentiment de béa-
» titude, que s'il alloit déja à sa ren-
» contre auprès du thrône éternel. Je
» me rappelle ce jour mémorable où
» le Médiateur, sous un ciel entremêlé
» de nuages sombres & lumineux, s'en-
» tretint avec les envoyés de Dieu,
» Elie & Moyse, sur la montagne du
» Tabor. Jesus transfiguré brilloit
» comme le soleil étincellant, lorsque,
» dans son midi, il remplit l'univers
» de sa présence. Ses vêtemens devin-
» rent transparens comme la lumiere,
» & aussi blancs que l'argent. Jacques,
» à ce spectacle dont il avoit été jugé
» digne d'être témoin, accourut avec
» le même empressement dont le
» pontife Aaron se hâtoit, dans le Saint
» des Saints, au-devant de l'arche de
» l'alliance, cette source des graces
» & des miséricordes du Tout-puissant.
» Jacques est le premier des disciples
» de Jesus, à qui les tables de la Pro-

» vidence promettent la couronne du » martyre. Bientôt sa destinée le con» duira sur un théatre plus vaste, où » il pourra se livrer sans réserve aux » nobles desirs de sa grande ame....

» Simon le Cananéen que tu vois » assis à l'écart, dit Mégiddon son ange » tutelaire, n'étoit autrefois qu'un ber» ger. Sa vie innocente & paisible, sa » simplicité, son humilité lui gagne» rent la bienveillance du Sauveur. Je» sus voyageant, vint un jour lui de» mander l'hospitalité : Simon se hâta » d'aller tuer un agneau, le prépara » & le lui servit avec une joie pleine » de candeur, s'estimant trop heureux » que son humble réduit eût été ho» noré de la présence du Prophete de » Dieu. Jesus, dans cette occasion, » éprouva la même satisfaction qu'il » eut autrefois dans la forêt de Mam» bré, lorsqu'Abraham le reçut avec » les deux anges, dont il étoit accom» pagné. Viens, Simon, viens, lui dit » le Messie, laisse à tes compagnons » le soin de veiller sur des troupeaux : » suis moi ; car je suis celui à la louange » duquel tu entendis, dans ton enfance, » chanter un cantique par les troupes

» céleſtes, auprès de la fontaine de
» Bethléem....

» Je vois, interrompit le ſéraphin
» Adoram, s'avancer mon diſciple
» chéri, Jacques, fils d'Alphée. Son
» air ſérieux & réfléchi annonce cette
» vertu diſcrette qui agit & qui fuit l'é-
» clat. Il ne veut que Dieu ſeul pour
» témoin de ſes actions. Quand il de-
» vroit reſter à jamais inconnu aux
» hommes; quand nous ne le con-
» noîtrions pas nous-mêmes, il n'en
» ſeroit pas moins bon, il n'en ſeroit
» pas moins généreux...

» Ce jeune homme plein de feu,
» dit Umbriel, que vous voyez ſeul
» au fond de cette forêt, plongé dans
» la méditation, c'eſt Thomas. Une
» penſée eſt le germe d'une nouvelle
» penſée dans ſon eſprit inépuiſable:
» ſouvent il ſe perd dans cette foule
» d'idées comme dans un vaſte Océan.
» Entraîné par les rêves des Sadducéens,
» il a été au moment de s'égarer dans
» leur ſyſtême obſcur. Les merveilles
» opérées par le Meſſie, l'ont ramené
» à la vérité: il s'eſt tiré de ce laby-
» rinthe d'erreurs où il s'étoit engagé.
» Ma tendreſſe pour lui n'en ſeroit ce-

» pendant pas moins allarmée, si la na-» ture, en lui donnant une ame ardente » & curieuse, ne lui eût, en même » tems, donné un cœur droit, & un » esprit juste....

» Cet autre disciple, dit le séraphin » Bildaï, en montrant Matthieu, est » né au sein de l'opulence & de la vo-» lupté. Dès sa jeunesse, ses parens » l'accoutumerent aux détails de ces » affaires méprisables, qui font l'uni-» que occupation des riches. Avides » d'entasser des trésors, ils les accumu-» lent comme s'ils devoient en jouir » une éternité, & ne se souviennent » seulement pas qu'ils ont une ame » immortelle. Mais à peine Matthieu » eut apperçu le Messie, à peine Je-» sus lui eut fait signe de le suivre, que » son génie s'éleva bientôt au-dessus » de tous les biens de la fortune : il » le suivit, & laissa à ces hommes stu-» pides le soin des choses qui jusques-» là l'avoient tenu courbé vers la terre. » C'est ainsi qu'un jeune héros, quand » l'intérêt de sa patrie l'appelle aux » combats, s'arrache des bras de ces » beautés dangereuses, qui amollissent » les cœurs des rois. Moins entraîné

» par le desir de la gloire, que par le » sentiment de la justice, il vole à ces » campagnes terribles, où Dieu se tient » armé de la vengeance & de la mort. » Les innocens qu'il a sauvés des fu» reurs d'un ennemi sanguinaire, font » retentir son nom, dans les transports » de leur reconnoissance. Mais si, dans » les horreurs du carnage, il s'est sou» venu qu'il étoit homme, alors nous » allons nous-mêmes célébrer ses vertus » devant l'Eternel....

» Ce vieillard vénérable, blanchi par » les années, que vous voyez de ce » côté, interrompit le séraphin Siona, » c'est Barthelemi, un des disciples, con» fié à mes soins. La vertu même sem» ble avoir établi sa résidence sur son » front ouvert & plein de candeur. » Elle paroîtra moins austere, & de» viendra plus aimable aux mortels, » quand il la pratiquera sous leurs yeux. » O combien d'ames tu vas gagner au » Sauveur, lorsque saisies d'étonne» ment & d'admiration, elles te ver» ront sourire à tes freres & à tes pro» pres bourreaux, au milieu des hor» reurs de la mort! Ah! mes célestes » amis, lorsqu'il sera prêt d'expirer,

» hâtez-vous d'essuyer le sang de son
» visage : découvrez à tous les specta-
» teurs ce sourire touchant, qui y sera
» répandu, au moment même où il
» prendra congé d'eux pour jamais,
» afin qu'ils se convertissent au Fils de
» l'Eternel. . . . .

» Ce jeune homme pâle & mélan-
» colique, dit ensuite Elim, est mon élu
» Lebbée. Peu d'ames ont été créées
» aussi sensibles, aussi tendres que celle
» du paisible Lebbée. Lorsque je la
» tirai de ces régions où, sans se con-
» noître, les ames des hommes errent
» avant la création des corps, je la
» trouvai qui poussoit des gémissemens
» plaintifs auprès de cette fontaine, où
» les anges disent que jadis le triste
» Abbadona, en revenant d'Eden,
» pleura la perte de l'innocence de la
» mere du genre humain. C'est-là aussi,
» vous le sçavez, que les séraphins
» viennent déplorer le sort des malheu-
» reux, & la fin déplorable des ames
» confiées à leurs soins, qui, ayant passé
» leur premiere jeunesse dans l'exercice
» de la vertu, achevent dans le crime
» les restes de leur vie. Ils répandent
» déja sur elles des larmes fraternelles

» avant les tems éloignés, auxquels » elles doivent paroître à la lumiere; » larmes céleſtes que les hommes ne » connoiſſent pas! C'eſt ſur cette fon» taine que je trouvai l'ame de mon » cher Lebbée. Enveloppée dans un » nuage tranquille, elle étoit attentive » aux accens douloureux dont ſes » bords retentiſſoient. Les impreſſions » foibles que les ames éprouvent dans » cet état, ſe diſſipent, lorſqu'elles » éprouvent les impreſſions plus fortes » qui leur ſont tranſmiſes par les orga» nes du corps; mais cependant ces » premieres impreſſions ſubſiſtent tou» jours, & le ſouvenir s'en renouvelle, » lorſque revêtue de lumiere, l'ame » s'envole, en ſe dégageant des liens de » la matiere. Le ſentiment des gémiſſe» mens qu'avoit entendus l'ame de » Lebbée, fut aſſez puiſſant ſur elle, pour » déterminer la nature de ſon caractere » & la rendre acceſſible à la compaſ» ſion. Je la recueillis & je la portai » doucement dans des nuages legers » du matin, vers l'enveloppe mortelle » qui lui étoit deſtinée. Sa mere le mit » au monde ſous des palmiers. Je deſ» cendis inviſiblement de la cime de

» ces arbres, & j'agitai mollement » les airs, pour rafraîchir cet enfant » précieux. Il versa plus de larmes, en » naissant, que n'en versent communé- » ment les hommes, lorsque, par un » instinct confus, ils éprouvent déja » le sentiment de leur mort, quoiqu'en- » core éloignée. Toute sa jeunesse n'a » été qu'un enchaînement d'affections » tristes & douloureuses. Aucun de ses » amis n'a eu occasion de répandre des » pleurs, qu'il n'y ait mêlé les siens : » il n'a pas cessé de gémir sur tous les » maux qui affligent la nature humaine. » Depuis qu'il s'est attaché au Messie, » il est encore le même. O mon cher » Lebbée! que deviendras-tu, lorsque » le Rédempteur périra? Hélas! tu vas » être anéanti sous le poids de ta dou- » leur! Ah! divin Médiateur, Sauveur » des hommes, daigne le fortifier » contre un coup si accablant; fais qu'il » ne succombe pas à l'excès de son » désespoir! Regarde-le, séraphin, s'a- » vancer vers nous d'un air pensif & » d'un pas incertain. Tu peux d'ici le » considérer & voir en face le plus sen- » sible des humains. » Le séraphin n'a- voit pas achevé de parler, que le pieux Lebbée étoit déja parvenu à l'endroit où les anges gardiens étoient assemblés. La troupe céleste s'ouvrit pour lui faire place. C'est ainsi que les zéphyrs du printems laissent un passage libre aux accens du rossignol qui remplit les airs de ses gémissemens. Lebbée pénetre au milieu d'eux, & ils forment à l'instant un cercle autour de lui. Le disciple qui croit n'être entendu d'aucune créature, éleve ses mains vers le ciel, & s'écrie, en les frappant violemment l'une contre l'autre : « Hélas ! je ne le découvre nulle » part ! Déja un triste jour, déja deux » longues nuits se sont écoulés, sans » que nous l'ayons vu. Ah ! sans doute » ses détestables persécuteurs se seront » emparés de lui ! & moi malheureux, » être isolé sur la terre, je vis encore, » & Jesus est mort ! O mon Maître ! tu » as tombé sous le fer des impies, » & je ne t'ai pas vu mourir, & je » ne t'ai pas fermé les yeux ! Parlez, » scélérats, parlez : dans quel champ » l'avez-vous égorgé, dans quel désert » inconnu l'avez-vous traîné ? dans » quel tombeau l'avez vous caché ? » Dans quel lieu reposes-tu, Homme di-

» vin ! Ah ! tes farouches meurtriers » t'auront jetté parmi les morts, pâle » & défiguré : ils ont détruit ces traits » touchans du sourire céleste, du sen- » timent de miséricorde, qui brilloient » sur ton visage ; & les tiens n'ont pas » recueilli tes derniers soupirs ? Ah ! » pourquoi mon triste cœur, ce cœur » brisé par la douleur, bat-il encore » dans mon sein ? Pourquoi mon ame » destinée à tant de calamités, ne se » perd-elle pas comme un sombre » nuage dans la profonde nuit du tré- » pas ? Je serois étendu sans sentiment, » enseveli dans le sommeil....

En exhalant ainsi ses plaintes, Lebbée tomba évanoui. Elim le couvrit de rameaux d'oliviers fraîchement éclos, ranima en lui la chaleur presque éteinte, & répandit sur lui le souffle de la vie & le calme du repos. Il s'endormit, & l'ange bienfaisant lui fit voir en songe le Médiateur vivant, qui passoit devant lui.

Sélia étoit penché sur Lebbée ; & plein de vénération & d'attendrissement pour ce disciple vertueux, il le contemploit avec des yeux mouillés de larmes, lorsqu'il apperçut dans l'obſcurité un autre diſciple qui montoit entre les tombeaux. « Nommez-moi, » dit-il, celui qui s'avance vers nous » du bas de la montagne : ſes cheveux » noirs qui tombent en boucles ſur ſes » épaules, la hauteur de ſa taille, la » régularité de ſes traits, l'air grave & » ſérieux qui régne dans ſa perſonne, » tout concourt à lui donner une » beauté mâle & un maintien majeſ- » tueux. Mais oſerai-je le dire, mes » amis, & ne me trompé-je point, il » me ſemble démêler dans ſa phyſio- » nomie un caractere inquiet, & qui » décele une ame ſans nobleſſe.... » Cependant c'eſt un des diſciples de » Jeſus.... Il préſidera un jour à côté » de lui au jugement de l'univers!... » Vous gardez le ſilence, mes céleſtes » amis!... vous ne me répondez pas?... » Ah! ſans doute j'ai méconnu ce diſ- » ciple, je l'ai outragé, & vous en » êtes offenſés : parlez : oui, je me » ſuis trompé, je le vois bien; & toi » digne mortel, pardonne-moi mon » erreur : un jour, lorſqu'après avoir » rendu hommage à ton Créateur par » les ſouffrances du martyre, tu vien- » dras en triomphe prendre ta place

» entre les immortels ; c'eſt ce jour » même que je choiſirai pour réparer » ma faute aux yeux de ces mêmes ſé» raphins qui en ont été les témoins...

» Ah ! faut-il que je parle, dit avec » un profond ſoupir le ſéraphin Ituriel » en s'avançant vers Sélia ? Ses mains » preſſées fortement l'une contre l'au» tre, exprimoient le trouble de ſon » ame. Ah ! faut-il que je parle ! Hélas ! » pour ta tranquillité comme pour la » mienne, il vaudroit bien mieux que » je gardaſſe un éternel ſilence ! Mais » tu le veux, ſéraphin, & je ne dois » rien te cacher.

» Non, tu ne t'es point trompé : » ce diſciple ſur lequel tu m'interroges, » s'appelle Iſchariot. Ah ! Sélia, ce » n'eſt pas pour lui que coulent les » larmes que je répands !... Tu me » verrois bien plutôt, dans les tranſports » d'une ſainte indignation, fuir ce » monſtre abominable, dont le ſort ne » me touche plus.... Hélas ! je ne re» grette que la perte de tant de dons » précieux qu'il a ſi lâchement pro» fanés, cette pente naturelle que Dieu » lui avoit donnée pour le bien ; cette » pureté, cette innocence dont brilla

» sa jeunesse ; la préférence dont le » Messie l'honora ; cette vie pieuse.... » Hélas ! il avoit d'abord répondu par » une conduite irréprochable à la sain» teté de sa vocation ! Mais aujour» d'hui .... ah ! je me tais, pour ne » pas augmenter ta douleur.

» Ce qui se passe aujourd'hui me » fait pénétrer la cause d'un événement » dont j'ai été témoin dans le ciel, avant » la naissance d'Ischariot. Nous nous » entretenions entre nous sur l'excel» lence des ames des disciples, en pré» sence de Dieu, lorsque tout-à-coup » à un signe que lui fit le Juge suprême, » le séraphin Eloa descendit de son » thrône d'un air consterné, & vint » couvrir de nuages un des siéges d'or » que l'Eternel destinoit aux douze » disciples. Au moment où la mere » d'Ischariot mit au monde son déplo» rable fils, je me rappelle aussi d'avoir » vu Gabriel, la face voilée, passer tris» tement devant moi.... Ah ! mal» heureux Ischariot, il vaudroit bien » mieux que tu ne fusses jamais né ; » que jamais séraphin n'eût eu occasion » de parler de ton ame, de ton ame » maintenant immortelle ! Tu ne tra-

» hirois pas un jour ton Maître ; tu » ne dégraderois pas le caractere su- » blime de Disciple ! »

Après ces mots, Ituriel plongé dans l'accablement & les yeux baissés, resta en silence devant Sélia. « Mon cœur » frémit, dit Sélia en soupirant : un » sombre nuage semble s'épaissir sur » mes yeux. Quoi ! Ischariot, un des » des élus du Seigneur, un disciple » confié à tes soins, ô mon cher Itu- » riel !... Ce qu'aucun des immortels » auroit craint de penser, ce qu'ils » tremblent de prononcer .... Ischa- » riot.... Il se rend indigne du nom » de Disciple ; il se prépare à trahir le » le Messie ! Quel crime affreux ce » monstre va-t-il donc commettre ? que » va-t-il faire qui le rende odieux aux » yeux de son Maître, à ceux d'Ituriel » & de la troupe des esprits célestes ? » Ne me déguise rien : je frémis de » t'entendre ; mais parle cependant, » mon cher Ituriel. »

» Séraphin, une haine secrette contre » Jean, ce disciple chéri de Jesus, & » qu'il honore d'une confiance si in- » time, dévore intérieurement le cœur » du lâche Ischariot ; & ce que le per-

» fide voudroit en vain se cacher, le
» Messie lui-même est aussi l'objet de
» sa haine. La soif de l'or, ce vice
» honteux qui n'avoit pas infecté ses
» jeunes ans, vient de se développer
» dans son ame autrefois si noble & si
» désintereſſée. Aveuglé par l'avarice
» & par l'envie, il se figure que Jean,
» comme le disciple préféré, va rassembler sur sa tête tous les honneurs
» & toutes les richesses du nouveau
» royaume du Messie. Voilà l'objet de
» ses murmures, lorsqu'il est seul &
» qu'il ne se croit entendu de personne.
» Un jour, que livré à ses inquiétudes
» ordinaires dans la vallée de Benhinnon, il exhaloit sa fureur par des
» voeux impies & par tout ce que la
» calomnie à de plus envenimé....(Ce
» funeste événement est encore présent à mon esprit, & répandra longtemps dans mon cœur la douleur &
» l'indignation.) Surpris des horreurs
» que j'entendois, je restai quelque tems
» immobile ; enfin je levai les yeux,
» & je vis Satan qui quittoit Ischariot.
» Il jetta sur moi un regard de pitié :
» sa demarche étoit altiere ; le mépris
» le plus amer, le sourire le plus insul-

» tant étoient peints ſur ſon front au-
» dacieux.

» Depuis cet inſtant, ce malheureux
» diſciple eſt ſi violemmeut entraîné
» vers le crime, qu'il ne forme pas
» une penſée, qu'il n'éprouve pas un
» ſentiment qui ne portent l'effroi & le
» trouble dans mon ame. Je tremble
» que cet orage auquel il eſt en bute,
» ne finiſſe par le perdre à jamais....
» Ah! grand Dieu, ſi ta main redoutable
» enchaînoit au fond de l'abyſme avec
» les chaînes de diamant des cavernes
» ténébreuſes, cet eſprit pervers qui l'é-
» gare? Si cette ame que tu créas pour
» l'éternité, pouvoit encore profiter des
» momens précieux qui lui reſtent? Si
» Judas pouvoit abjurer ſes noirs pro-
» jets?... Daigne, daigne, ô mon
» Dieu! le rendre ſenſible à cette voix
» puiſſante qui l'appella autrefois, & le
» conſacra au miniſtere céleſte de diſ-
» ciple de ton Fils! Embraſe ſon cœur
» du feu qui conſume les ſéraphins!
» Que cet amour ſacré le rende inacceſ-
» ſible aux traits de l'ennemi qui tra-
» vaille à le détruire, & le faſſe triom-
» pher de tous les efforts de ſa rage!...

» Dis-moi, cher ſéraphin, reprit

» Sélia, dis-moi ce que pense le Messie du malheureux Ischariot; ses yeux daignent-ils s'arrêter sur lui? Marque-t-il quelque interêt pour ce lâche prêt à le trahir? L'aimeroit-il encore?...

» Que ne puis-je, ô Selia! me cacher à moi-même ce que tu me forces de te révéler? Que n'est-ce à jamais un secret pour tous les anges & pour toi-même? Oui, Jesus l'aime encore; oui, Jesus chérit encore ce traître! »

» Un jour, dans un de ces repas où tous les disciples rassemblés se livroient aux charmes d'une gaieté innocente & aux douceurs de l'intimité, j'observois attentivement le Messie: je le voyois qui, de tems en tems, laissoit tomber sur Judas des regards où se peignoit une tendresse divine; il sembloit lui dire par ces regards: Ce sera toi, ce sera donc toi qui me trahiras!... Mais fuyons, cher Sélia, viens, suis-moi, Ischariot s'avance vers nous; mes yeux n'ont que trop vu ce monstre abominable! »

En disant ces mots, Ituriel s'éloigne

avec précipitation, Sélia le suit tristement; & Salem, jeune séraphin, second ange tutelaire de Jean, marche de loin sur leurs traces : Jesus avoit donné deux anges gardiens à son disciple bien-aimé. Le premier de ces deux génies protecteurs étoit le sublime Raphaël, un des séraphins qui environnent le thrône du Tout-puissant.

Sélia & Ituriel étoient allés vers les tombeaux, pour rejoindre Jesus; Salem vint les y retrouver, & les embrassa tendrement : l'impression douloureuse, que lui avoit fait le discours d'Ituriel, étoit déja dissipée; il avoit déja repris sa sérénité ordinaire : le sentiment d'une joie céleste brilloit sur son visage, & le sourire enchanteur de l'adolescence s'épanouissoit sur son front immortel. Alors, comme dans un our de printems s'entr'ouvrent délicieusement à nos yeux les portes d'une elle matinée, Salem ouvre sa bouche ivine, cette bouche pleine d'une aimable éloquence : le souffle qui s'éhappe à travers ses lévres, excite un on harmonieux, qui fait entendre ces ots.

» Calme ta douleur, ô séraphin!

» regarde parmi ces tombeaux & vois-
» y, à côté de Jesus, le plus aimable
» de ses disciples : le souvenir d'Ischa-
» riot s'évanouira bientôt, quand tu au-
» ras fixé tes regards sur Jean, sur ce
» disciple vertueux, dont l'ame, aussi
» pure que l'ame des immortels, lui a
» mérité l'honneur d'être le dépositaire
» des secrets d'un Maître qui se plaît
» à lui ouvrir son cœur. Le senti-
» ment qui les unit, est semblable au
» feu divin, qui enflamme Gabriel
» pour Eloa : tel étoit aussi l'amour
» d'Abdiel pour Abbadona, dans les
» tems heureux de leur premiere inno-
» cence. Dans les heures consacrées à
» la création des ames, Dieu n'en avoit
» point encore formé d'aussi céleste
» que celle de Jean. Je la vis au mo-
» ment où elle sortit des mains de l'E-
» ternel : la jeunesse du ciel célébra
» sa naissance par des cantiques d'allé-
» gresse, & chanta cet hymne à son
» honneur. »

» Nous te saluons à ton sortir du
» néant, ame immortelle ; viens,
» viens habiter parmi nous : nous te
» bénissons, fille sainte, fille émanée
» du souffle divin : tu es belle comme
» Salem,

» Salem, tu es tendre comme lui : tu » es noble, tu es grande comme le » céleste Raphaël : les pensées les plus » saintes naîtront de toi aussi abon» damment que la rosée que distille » l'aurore : ton cœur plein d'huma» nité, ton cœur fait pour aimer, se » répandra en actes de bienfaisance, » comme la liqueur qui fermente, se » souleve au-dessus du vase qui ne peut » plus la contenir, & se répand sur » ses bords ; comme les larmes que » l'attendrissement fait couler des yeux » des séraphins enchantés à la vue » d'une action vertueuse. Fille de l'E» ternel, tu ressembles à l'ame qui au» trefois animoit Adam dans sa jeu» nesse innocente. Viens ; nous allons » te conduire vers le corps mortel qui » t'est destiné : la nature travaille à l'em» bellir de tous ses charmes, afin que » toutes tes vertus se peignent dans la » sérénité & la beauté de ton visage. » Oui, ton corps sera parfait : il sera, » ô Messie ! comme celui que l'Eter» nel formera bientôt pour toi, toi qui » seras le plus beau des mortels, le plus » beau des enfans d'Adam. Hélas ! » un jour cet ouvrage si précieux,

» mais si fragile, sera couché sous la » poussiere, & livré à la corruption! » Mais Salem en ira rassembler les dé» bris; il te relevera d'entre les morts; » & lorsque tu seras ressuscité, il te » transformera en un corps de lumiere. » Alors il te conduira au-devant du » Juge de l'univers; le Messie te re» cevra dans son sein, & te couron» nera d'une beauté éternelle. » C'est ainsi que la jeunesse du ciel chanta à l'honneur de Jean.

Salem se tut : lui, & les deux autres séraphins, remplis d'une tendre affection pour Jean, resterent autour de lui. C'est ainsi que trois freres accourus pour annoncer à une sœur chérie que leur pere touche à la fin de sa carriere vertueuse, la trouvant mollement étendue sur des fleurs, & dormant tranquillement sans songer au malheur qui l'attend, restent en silence autour d'elle, respectent son sommeil, & contemplent avec ravissement la fraîcheur & l'éclat d'une jeunesse brillante, qui la rend semblable aux immortels.

Cependant les autres disciples succombant à leur inquiétude, & à la tigue, s'étoient endormis en différens ndroits de la montagne : celui-ci étoit ché sous un olivier dont les raeaux se recourboient jusqu'à terre; ui-là, à l'abri d'une petite colline i s'élevoit dans la vallée ; un autre pied des cédres plantés sur le sommet de la montagne : la fraîcheur & le mmeil leger sembloient distiller de urs têtes touffues. Plusieurs étoient siblement étendus parmi les tomaux que les habitans de la ville parcide avoient élevés aux prophetes. das Iscariot, le cœur rongé de dépit d'impatience, s'étoit endormi non in du tranquille Lebbée, son parent son ami. Satan, qui, caché dans un tre voisin, avoit entendu ce qu'aient dit les anges, au sujet des disples, en sort en fureur, & s'élance pétueusement sur le malheureux riot, dans le noir projet de l'enîner au crime. C'est ainsi que, pennt les ténébres de la nuit, la peste vance vers l'enceinte des villes ongées dans le sein du repos : elle rte la mort autour de leurs murails, sur ses aîles deployées ; & souffle, tous côtés, des vapeurs meurtrieres.

Cependant tout est encore paisible dans les cités : le sage veille encore à la pâle lueur de sa lampe : une société d'amis choisis rassemblés sous des berceaux de fleurs, boivent gaiement, & avec décence, d'un vin non profané, en s'entretenant sur le doux sentiment de l'amitié, sur la nature de l'ame, & sur sa durée immortelle. Mais bientôt l'impitoyable mort va s'étendre sur eux : le jour des calamités, le jour des gémissemens va paroître ; ce jour sinistre, où la fiancée, en se frappant la poitrine, en se tordant les mains, se précipite en hurlant sur le cadavre de l'époux qui lui étoit destiné ; ce jour où la mere inconsolable, qui vient de voir périr tous ses enfans, maudit, dans sa rage & dans son désepoir, l'instant fatal où elle les conçut, l'instant fatal où elle vint à la lumiere ; ce jour où les fossoyeurs, les yeux creusés & livides, errent parmi des monceaux de morts : alors l'ange de la mort, avec un front obscurci, descend du haut de l'olympe couvert de nuages épais ; il s'arrête sur les tombeaux, & jette un coup d'œil triste & morne sur cette vaste solitude où règne un silence effrayant. C'est ainsi que l'ennemi destructeur descend sur Iscariot, & insinue dans son esprit accessible à toutes ses impressions, un songe séducteur qui va le conduire à sa perte. Il irrite son ame ulcérée, déja trop portée vers le crime, & la remplit d'une foule d'idées, dont elle n'avoit pas encore éprouvé le funeste poison. C'est ainsi que la foudre tombant du ciel sur des montagnes, embrase le soufre & le salpêtre dont elles sont remplies, & en forme de nouveaux tonnerres, qui, comme des torrens de feu, roulent avec fracas dans leurs vastes profondeurs. Satan, trop instruit du sublime secret dont se servent les anges pour inspirer aux hommes ces pensées nobles, ces penées salutaires qui les rendent dignes e l'éternité, a recours à cet art même our la ruine d'Iscariot. Le séraphin turiel, toujours inquiet, étoit par un ecret pressentiment, resté auprès du isciple, lorsqu'il apperçoit Satan s'éendre sur lui : il frémit, il reste imbile, leve les yeux vers le ciel, & ente de l'arracher au sommeil. Porté ur les aîles de l'orage à travers les

cédres qu'il agitoit avec violence, tro
fois il passa en planant sur la tê
d'Iscariot ; trois fois il fit retentir sou
ses pas le sommet de la montagne, e
marchant autour de lui ; mais Iscari
pâle & froid, resta comme enseve
dans le sommeïl de la mort. Alors l
séraphin consterné, désespérant de l
tirer de son assoupissement, se couv
le visage de ses aîles. Aussi-tôt Satan
sous les traits du pere d'Iscariot, l
apparoît en songe, avec l'air d'u
homme devoré par la douleur & l
chagrin, & lui dit d'une voix trem
blante :

» Quoi, mon fils, tu dors tranquil
» & sans inquiétude, & tu t'éloign
» de Jesus ? As-tu donc oublié qu'il t
» hait & qu'il donne la préférence s
» toi à tous les autres disciples ? Pou
» quoi ne l'accompagnes-tu pas assidu
» ment avec eux ? Pourquoi ne che
» ches-tu pas à regagner son cœur ?
» quel maître, hélas ! ton pere t'a-t
» laissé en mourant ! Grand Dieu, qu
» crime ai-je donc commis, que
» poursuis sur ma race ? Par quelle f
» talité suis-je obligé de quitter le
» jour des ombres, pour venir gém

» ici sur le sort du malheureux Isca-
» riot ? Peux-tu te flatter, ô mon fils !
» que tu seras plus fortuné dans le nou-
» vel empire que fonde maintenant
» le Médiateur ? Tu te trompes : ne
» connois-tu donc plus Pierre & les
» Zébédéïdes, ces disciples chéris ?
» C'est sur leurs têtes que vont se ras-
» sembler tous les honneurs ; c'est chez
» eux que vont couler comme des tor-
» rens toutes les richesses de la terre.
» Les autres aussi recevront une por-
» tion bien plus considérable que toi,
» de l'héritage du Messie. Viens, suis-
» moi ; je vais te faire voir ce vaste
» empire dans toute sa magnificence :
» montes... quoi ! tu chanceles ? ra-
» nime-toi Judas, & souviens-toi que
» tu es homme. Vois-tu cette chaîne
» immense de montagnes qui se per-
» dent dans l'éloignement, & qui cou-
» vrent de leurs ombres cette vallée
» fertile qui s'étend à leur pied ? Elles
» produiront perpétuellement de l'or,
» comme la riche Ophir, tandis que la
» vallée sera couverte de tous les biens
» que répandra sans cesse la main
» inépuisable du Tout-puissant. C'est
» là l'héritage de Jean, ce disciple fa-

» vori du Rédempteur. Ces collines » couvertes de vignes, ces campagnes » couvertes de moissons ondoyantes » sont l'apanage de l'heureux Pierre. » Jettes un coup d'œil sur la beauté de » ce pays : vois s'élever dans cette » vallée, des villes florissantes, remplies » d'un peuple innombrable, & aussi » magnifiques que Jérusalem même, » ce séjour des rois. Vois ces eaux ras-» semblées sous des voûtes superbes, » aller, comme autant de fleuves salu-» taires, baigner leurs murs fastueux : » vois leurs rives embellies par des jar-» dins délicieux, aussi brillans que celui » d'Eden ; ce sont les possessions des-» tinées au reste des disciples du Mes-» sie. Mais cette petite contrée aride » & couverte de rochers que tu apper-» çois dans l'éloignement, est réservée » pour toi. Ce désert sauvage & inha-» bité où on ne découvre que des ar-» bustes stériles ; ce désert qui s'étend » sous les frimats d'un ciel sombre & » nébuleux, & dont les entrailles sont » remplies de glaçons éternels, devien-» dra ton triste partage. Tu n'auras » pour compagnie, dans ces régions in-» fortunées, que des oiseaux lugubres,

» condamnés comme toi à la solitude » & aux ténébres. Oui, mon fils, oui, » voilà l'empire qui t'attend. Bientôt » les autres disciples passeront orgueil- » leusement devant toi, dans tout le » faste & la pompe des rois, & te » remarqueront à peine dans la pous- » siere. Tu pleures, Judas : la honte » & une généreuse indignation t'arra- » chent des larmes. Hélas ! mon fils, » elles coulent en vain : à quoi peu- » vent te servir ces larmes inutiles que » tu verses dans ton désespoir ? Ce ne » sont pas des pleurs qu'il faut répan- » dre ; il faut agir.

» Ecoute-moi : mon cœur paternel » va s'ouvrir à toi sans réserve. Le Mes- » sie, tu le vois, recule, autant qu'il » peut, l'instant de la rédemption : il » diffère de jetter les fondemens de » l'empire pompeux qu'il annonce. Tu » sçais avec quelle horreur les grands » de ce pays fléchissent sous le roi de » Nazareth : tu n'ignores pas qu'ils ont » conçu depuis long-tems le projet » de le détruire & de lui donner la » mort : dissimule, Judas ; feins de » vouloir le livrer entre les mains des » prêtres qui le demandent à grands

» cris ; mais prends bien garde que cette » démarche hardie ne puisse être attri» buée au desir de te venger de la » haine qu'il te porte ; ton objet seroit » manqué : il faut, par ta conduite » adroite, le mettre dans la nécessité » de faire éclater toute son indignation » contre ses persécuteurs, lui faire pren» dre enfin le parti de les accabler de » honte & de confusion, fonder promp» tement son empire si long-tems at» tendu, & paroître aux yeux de tous, » aussi puissant, aussi redoutable qu'il » l'est en effet. Par ce moyen, tu entre» ras tout-à-la-fois en possession de » ton héritage, & tu auras la gloire » d'appartenir à un Maître respecté. » Quelque petit que soit cet héritage » qui t'est destiné, plutôt tu l'obtien» dras, plutôt aussi tu parviendras, à » force d'industrie, de soins & de tra» vaux, à le rendre florissant par le » commerce & par les arts. Tu éga» leras dans peu la prospérité des disci» ples qui auront été plus favorisés » que toi. Outre ces espérances fon» dées, que je fais briller à tes yeux, » tu peux encore compter raisonna» blement sur les récompenses que ne

» manqueront pas de te prodiguer les » prêtres reconnoissans, auxquels tu » auras livré Jesus. Voilà le conseil » que te donne un pere, toujours at- » tentif à tes intérêts. Fixe les yeux » sur moi, & reconnois-moi, malgré » la pâleur de la mort. Oui, je reviens » du royaume des ombres, où m'a » suivi ma tendresse pour toi, & j'en » reviens pour t'éclairer par un songe » salutaire. Eveille-toi; ne méprise » pas la voix d'un pere qui vient ra- » nimer ton courage, & ne me laisse » pas retourner parmi les morts, avec » la douleur & l'affliction dans l'ame. »

A peine Satan eut infecté l'esprit d'Iscariot de cette vision perfide; qu'il se leva orgueilleusement, semblable à une montagne qu'un volcan souleve au milieu d'une vallée, & dont tous les environs s'affaissent jusques dans les profondeurs de la terre, & forment d'autres vallées. Judas s'éveille à l'instant, & s'écrie: «Oui, ce l'est; oui, c'est » la voix de mon pere; je l'ai reconnu: » il est tel que je le vis au moment » où il expira. Il n'est donc que trop » vrai, Jesus me hait! La haine qu'il » me porte, n'est pas même igno-

» rée chez les morts. Ce que tu n'osois soupçonner, malheureux Iscariot; ce que tu ne pensois qu'avec effroi, les morts sortent du tombeau pour te l'apprendre! Livrons-nous aveuglément aux conseils que mon pere vient de me donner.... Eh quoi! lâche Iscariot, tu trahirois le Messie?... ne crains-tu pas que l'esprit de ténébres, ou plutôt tes propres fureurs & les noirs sentimens qui te dévorent ne t'aient suggéré ce songe épouvantable? Mais d'où naissent ces réflexions timides? Pourquoi mon ame ingénieuse à me tourmenter flotte-t-elle encore dans la crainte & l'incertitude? Le desir des richesses m'entraîne, la soif plus ardente de la vengeance me consume; un songe me trace mon devoir & m'indique les moyens de satisfaire à la fois toutes les passions de mon cœur; cédons à sa voix impérieuse, vengeons-nous. »

Satan s'applaudit d'entendre ainsi parler Judas, Judas que les arrêts du Juge suprême frappoient déja dans l'éloignement, parce qu'il avoit souillé sa premiere innocence. Satan bouffi d'orgueil, & plein d'une ſatisfaction infernale, laiſſa tomber ſur lui un regard affreux. C'eſt ainſi qu'un écueil funeſte ſemble contempler avec joie les cadavres flottans ſur les vagues qui viennent ſe briſer à ſes pieds ; mais bientôt il ſera frappé de la foudre ; ſes débris diſperſés ſeront engloutis dans les abyſmes de la mer ; les iſles le verront tomber en éclats, & applaudiront à la foudre vengereſſe. Satan quitte la montagne des oliviers, prend ſon vol rapide vers Jeruſalem, & va chercher dans ſon palais Caïphe, l'ennemi & le grand-prêtre de la Divinité, pour verſer dans ſon cœur impie des penſées plus impies, & pour l'égarer par des ſonges impoſteurs.

Judas étoit encore en proie au choc tumultueux des divers ſentimens qui l'aſſiégeoient, lorſque le jour parut & chaſſa le ſommeil. Jeſus & Jean s'éveillerent & gagnerent enſemble la montagne des oliviers, où ils trouverent les diſciples endormis. Jeſus prit au pieux Lebbée ſa main engourdie par le ſommeil, & lui dit comme il s'éveilloit : »Sois tranquille ſur le ſort de ton »Maître, vertueux Lebbée ; contemple-

» le; il vit encore. » Le disciple se leve promptement, l'embrasse en répandant des larmes de joie, & court éveiller les autres disciples qu'il conduit vers Jesus. Quand il les vit rassemblés autour de lui, il leur parla ainsi:

» Venez, troupe sainte, venez; nous » passerons ensemble dans l'allégresse, » avant de nous donner le dernier » adieu, ce jour qui luit encore pour » nous. Venez, Saron nous est encore » ouvert; & le ciel qui est au-dessus » de nos têtes, distille encore des » nuages du matin une rosée fertile » sur les campagnes bénies. Le cédre » céleste planté par mon pere, nous » couvre de ses ombres rafraîchis- » santes: l'empreinte de la Divinité » brille encore sur la face de l'Homme » qui marche égal aux immortels. Mais » bientôt tout sera détruit: bientôt le » ciel se couvrira d'un voile sombre » & de nuages effrayans: bientôt la » terre sera ébranlée jusques dans ses » fondemens: bientôt les hommes por- » teront sur moi leurs mains meur- » trieres; bientôt vous me fuirez tous! » Séche tes larmes, ô Pierre! & » toi, disciple chéri, modere ton afflic-

» tion : lorsque l'Epoux vit encore, » l'épouse suspend sa douleur. Consolez-vous ; vous me reverrez ; oui, » vous me reverrez, & vous éprouverez à ma vue les transports d'allégresse d'un fils unique, qui voit sa » mere se réveiller d'entre les morts. »

Ainsi parloit le Messie à ses disciples ; & quoiqu'en leur parlant, il éprouvât déja intérieurement toutes les souffrances de la rédemption, une sérénité divine brilloit sur son visage. Il quitta l'endroit où il les entretenoit ; & tous, excepté Iscariot, marcherent sur ses pas. Il avoit entendu de loin, caché sous l'épaisseur de la forêt, tout ce qu'avoit dit Jesus. « Il sçait donc » déja, dit-il en lui-même, en le suivant des yeux ; il sçait donc déja » qu'un jour sinistre le menace. Mais, » s'il le sçait, il doit sçavoir aussi par » quels moyens il pourra se mettre en » état de resister à ses persécuteurs, & » vaincre tous les obstacles qu'on tentera d'opposer à ses vues.... Mais » sçait-il aussi, Judas, sçait-il l'affreux » complot que tu médites contre lui ? » sçait-il que tu veux le trahir ?.... » Mais hélas ! si l'apparition de l'ombre

» de mon pere n'étoit qu'une illusion? si
» ce songe n'étoit qu'une imposture,
» pour ajoûter de nouveaux tourmens
» à ceux que me fait endurer la haine
» du Messie ?... Instant funeste, auquel
» je me suis endormi ; où l'ombre de
» mon pere s'est montrée à mes yeux!
» Puisse ce lieu détesté où je me suis
» couché, où le sommeil m'a surpris,
» retentir à jamais des cris plaintifs de
» quelques mourans, & des gémisse-
» mens que les morts y pousseront du
» fond de leurs tombeaux! Puisse un
» fils dénaturé y égorger son pere!
» puisse le plus cher de mes amis y
» verser en furieux son sang de sa pro-
» pre main!... Où t'emportes-tu, mal-
» heureux Iscariot!... Quelle rage te
» fait former des vœux sacriléges?...
» où t'égares-tu ? Mais non, ce n'est
» pas toi qui t'égares ; tu ne fais que
» céder à un pouvoir plus fort que toi.
» Un pere vient, dans un songe, t'or-
» donner de trahir le Messie ; peux-tu
» être coupable en obéissant ?... Jour
» à jamais détestable, jour affreux où
» le Messie me choisit, où, plein de ten-
» dresse & de bonté pour moi, il
» m'invita à m'unir à lui! jour épou-

» vantable, reste à jamais enveloppé » dans les horreurs d'une nuit éter- » nelle! Que la peste, que toutes les » maladies contagieuses, que tous les » fléaux qui détruisent les hommes, sor- » tent de ton sein maudit!... que » jamais aucun mortel ne te nomme!... » que Dieu lui-même puisse oublier de » te compter parmi les jours!... Quel » tourment j'endure, ô ciel!... Un » tremblement universel a brisé tous mes » os!... Où suis-je.... où suis-je?... » Eveille-toi, lâche Iscariot.... sors » de ton accablement.... malheureux, » eh! pourquoi te tourmentes-tu?... » Non, ton songe ne peut t'avoir trom- » pé.... & quand ce songe ne seroit en » effet qu'un prestige, connois-tu, pour » parvenir à l'accomplissement de tes » desirs, d'autres moyens que ceux » qu'il te préscrit? » L'infortuné Judas étoit en proie à ces violentes agita- tions; & depuis son songe funeste deux heures terribles, & qui l'appro- choient toujours plus près de l'éter- nité, s'étoient déja écoulées.

Fin du Chant III.

CHANT QUATRIEME.

ARGUMENT.

Caïphe inspiré par Satan assemble le Sanhédrin, pour délibérer sur le sort de Jesus. Son discours. La réponse de Philon qui opine pour la mort du Messie. Gamaliel parle en sa faveur. Nicodeme loue hautement le courage & la générosité de Gamaliel. Philon s'emporte avec fureur contre Jesus, Gamaliel & Nicodeme. Son discours est inspiré par Satan, qui s'étoit rendu invisiblement à l'assemblée avec Ithuriel. Nicodeme répond à Philon & sort de l'assemblée avec Joseph. Judas arrive, parle en secret à Caïphe qui approuve & récompense le traître. Le Messie s'approche de Jérusalem, & envoie Pierre & Jean faire les préparatifs de la cène. Pierre apperçoit du haut de la terrasse, sur laquelle il étoit, la mere de Jesus, Lazare, Marie sa sœur, le fils de la veuve de Naïm, & Cydélie, fille de Jaïre, qui cherchoient Jesus. Ils voient Pierre & vont à lui. Marie attend que son Fils arrive de Béthanie. Amours vertueux de Cydélie & du fils de la veuve de Naïm : Marie sort & va, dans l'espérance de trouver le Messie, sur le chemin de Béthanie. Jesus la voit, se détourne & s'arrête près de Golgotha. A la vue du tombeau de Joseph, il pense à sa mort & à sa résurrection. Il va à Jérusalem. Il se met à table avec tous ses disciples, & les entretient sur sa mort. Il prédit qu'il sera trahi, & institue la mémoire de sa mort. Judas sort. Ses pensées, en allant chez Caïphe. Jesus parle de sa glorification. Confiance téméraire de Pierre. Jesus lui annonce qu'il lui sera infidele. Jesus, après avoir prié, va à la montagne des oliviers, pour s'y offrir à la place des hommes. Il s'arrête à une colline auprès du Cédron, & désigne à Gabriel un lieu solitaire dans Gethsémane, où il lui dit d'assembler les anges.

CHANT QUATRIEME.

APRÈS la sombre vision de Satan, Caïphe plein de trouble & d'inquiétudes, étoit resté sur son lit, d'où le repos s'étoit enfui. Agité de mille pensées confuses, tantôt il s'assoupissoit un moment, tantôt il se réveilloit avec effroi, & se jettoit impétueusement de côté & d'autre. Tel, en un jour de combat, un Athée blessé dans le fort de la mêlée, s'agite & se roule en mourant; le vainqueur qui fond sur lui, les chevaux qui se cabrent, le choc bruyant des armes, la fureur, les cris du soldat enyvré de carnage, la foudre qui retentit dans les airs, portent la terreur dans son ame. Nageant dans les flots de son sang, & privé de tout sentiment, il reste quelque tems étendu sur le champ de bataille, & confondu parmi les morts, il est prêt à périr; puis tout-à-coup il se releve : il sent qu'il existe encore, qu'il pense encore; il déteste, il maudit son existence; & de ses mains pâles & mourantes, il jette son sang vers le ciel, en blasphémant son Dieu qu'il s'efforce en vain de nier. Caïphe, dans cet état de trouble & de confusion, se leve brusquement, convoque chez lui, à l'instant, l'assemblée des prêtres & de tous les anciens du peuple. Ils se rendent aussitôt au palais dans une salle destinée au conseil, construite de cédres du mont Liban, & digne de la magnificence de Salomon. Joseph d'Arimathie, ce sage, du petit nombre des justes de la postérité dégénérée du divin Abraham, s'y rend avec eux, accompagné de Nicodeme, l'ami du Messie, & le sien. Comme la lune paisible marche à minuit au-dessus de nos têtes dans des nuages, ainsi le calme Joseph s'avançoit au milieu de la foule des prêtres & des anciens. L'impérieux Caïphe entre plein de fureur, & dit :

» Il faut enfin prendre un parti, peres » de Jerusalem, il faut enfin exter» miner l'ennemi qui nous brave, ou nous le verrons bientôt consommer ce qu'il machine contre nous depuis si long-tems. C'est peut-être pour la derniere fois que nous nous assemblons aujourd'hui ! Oui, ce sacerdoce de Dieu, ce sacerdoce que Dieu lui-même établit autrefois sur le mont Sinaï, par le plus grand des prophetes, & qui devoit s'étendre sur toute la terre; que la longue captivité de la superbe Babylone, que les armes redoutables de l'invincible Rome n'ont pu ébranler, un mortel fanatique, un visionnaire touche au moment de le détruire. Quelle honte pour Israël ! quelle honte pour le temple du Seigneur ! Ne régne-t-il pas déja dans Jerusalem ? Toutes les villes de la Judée ne sont-elles pas déja séduites par cet imposteur déifié ? A peine quelques sages fréquentent-ils encore le temple que le peuple aveugle & crédule abandonne, pour courir après lui dans les déserts, être témoin des miracles qu'il opere par la vertu de Satan. Eh ! quel moyen est plus puissant pour éblouir la multitude, & pour en imposer au peuple, ce stupide admirateur de tout

» ce qui l'étonne, que de voir tirer
» de leur léthargie des malades assoupis
» qu'il prend pour des morts qui vien-
» nent d'être rendus à la vie ? Cepen-
» dant nous restons tranquilles : atten-
» dons-nous que ses sectateurs viennent
» nous égorger dans une émeute, &
» qu'il daigne ensuite nous ressusciter ?
» Vous me regardez tous étonnés, in-
» terdits. Vous paroissez encore dou-
» ter ; eh bien ! restez dans votre sécu-
» rité ; sommeillez : prenez mes dis-
» cours pour des illusions ; persuadez-
» vous à vous-mêmes, que jamais la
» Judée ne l'a proclamé roi tumultuai-
» rement : que jamais le peuple n'a jon-
» ché son chemin de palmes, & n'a fait
» retentir les airs de ses acclamations....
» Vil imposteur, au lieu de ces accla-
» mations, au lieu du nom sacré d'Ho-
» sanna, puisses-tu entendre résonner
» à tes oreilles épouvantées la voix
» tonnante de la malédiction de l'E-
» ternel ! Puisses-tu être plongé dans
» l'empire de la mort ! puissent, à
» ton entrée dans le séjour des ombres,
» les rois se lever à ton passage de
» leurs siéges de fer, déposer par déri-
» sion leurs couronnes à tes pieds, &
» te

te saluer du nom de roi, avec toute l'amertume & l'expression du mépris! Oui, peres, peres indignes, pardonnez ce mot qu'une sainte fureur m'arrache; ce n'est pas la seule prudence, c'est une voix plus imperieuse & plus auguste, c'est Dieu même qui » nous ordonne de le faire disparoître promptement de dessus la face de la » terre! Le Seigneur jadis parloit à nos ancêtres dans des songes, qui » les éclairoient sur l'avenir; vous allez » juger par vous-mêmes, si les songes » qui ont agité Caïphe pendant cette » nuit terrible, lui ont été envoyés par le Seigneur?

» J'étois couché sur mon lit, & j'y » méditois sur les suites que peuvent » avoir les nouveautés qui fermentent » dans la Judée. Succombant enfin à » mes inquiétudes & aux différentes » pensées qui m'occupoient, je me » laisse aller au sommeil. Je crois tout-à-coup me trouver dans le temple, & » je me hâtois d'y réconcilier le peuple » avec son Dieu: déja le sang des victi» mes couloit; déja j'entrois en adorant » dans le Saint des Saints, & j'entr'ou» vrois le voile qui le couvre, lorsque

» je vois Aaron revêtu de ses habits
» sacrés, s'avancer vers moi d'un air
» menaçant ; j'en tremble encore
» comme si la terreur de Dieu étoit
» descendue sur moi ; une fureur plus
» qu'humaine éclatoit dans ses yeux
» étincellans, qui sembloient porter la
» mort de tous côtés. Des éclairs sem-
» blables aux feux qui partoient du
» mont Oreb, sortoient de son pectoral
» & me glaçoient d'effroi. Les chéru-
» bins agitoient leurs aîles avec un
» bruit épouvantable sur l'arche d'al-
» liance. A l'instant, je me sens dé-
» pouiller de mon habit de grand-
» prêtre, qui tombe à terre avec fracas,
» & se réduit en poudre. J'entends Aaron
» qui me crie d'une voix terrible :
» Fuis, malheureux ! ô toi qui desho-
» nores le sacerdoce, fuis, & cesse de
» profaner désormais les lieux saints, en
» qualité de Prêtre du Seigneur. N'est-
» ce pas toi, ministre indigne, dont
» l'indolence criminelle souffre qu'on
» blasphême impunément tout-à-la-
» fois, & le temple de l'Eternel, &
» Moyse, & Abraham & moi, & les
» fêtes ordonnées par le Seigneur ? (En
» disant ces mots, il lançoit sur moi

» ces regards destructeurs qu'on lance, » dans sa fureur, sur un ennemi qu'on » voudroit immoler.) Malheureux, » sors de ces lieux ; crains qu'en y » restant plus long-tems, il ne sorte de » ce siége de la gloire de Dieu, un » feu sacré qui te dévore à l'instant. » Alors, les cheveux hérissés, la tête » couverte de cendres, dépouillé de » mes vêtemens sacerdotaux, défiguré » par la terreur, dans mon égarement » je veux me sauver vers le peuple... » mais bientôt le peuple fond sur moi, » de tous côtés ; il alloit me donner » la mort, lorsque je me suis éveillé : » j'ai passé trois heures entieres dans cet » état pénible ; pendant ces trois heures » terribles, j'ai été comme enseveli » dans les horreurs de la mort, & » privé de tous sentimens. J'en frémis » encore au moment où je vous en » parle ; mon ame est saisie d'une ter- » reur secrette ; ma langue reste glacée, » & la voix expire sur mes lévres. Il » faut qu'il meure ! C'est à vous, peres » assemblés, de décider promptement » de quelle maniere il doit mourir. » A ces mots, Caïphe, les yeux immobiles, demeura quelque tems interdit ;

puis se réveillant tout-à-coup, « Oui, » s'écria-t-il, il faut qu'il meure ! Il » vaut mieux faire le sacrifice d'un seul » homme, que de nous exposer tous » à périr !... Cependant la prudence » veut que nous différions son supplice » jusqu'après ces jours de fêtes, dans » la crainte que la multitude qu'il a » séduite, ne tente de l'y soustraire. » Caïphe se tut. Un silence profond régna dans toute l'assemblée; on auroit dit que ceux qui la composoient, venoient d'être frappés de la foudre ; ils restoient tous sur leurs siéges sans mouvement.

Joseph voyant que tous se taisoient, voulut prendre la défense de Jesus; mais il en fut empêché par un prêtre redouté, qui lui coupa insolemment la parole. Ce prêtre étoit l'orgueilleux Philon : trop fier pour se compromettre, en hazardant son avis, avant que les choses fussent parvenues à leur maturité, il ne s'étoit pas encore expliqué jusques-là sur Jesus. On le regardoit généralement comme un sage : Caïphe en avoit la même opinion; mais Philon ne l'en haïssoit pas moins. Il se leve : un feu sombre éclate dans ses yeux cavés où régne la mélancolie; & d'une voix animée par la colere, il adresse ces mots à Caïphe :

» Quoi! tu oses, Caïphe, nous don-» ner pour des inspirations divines, » les songes que tu dis avoir eus cette » nuit? Ignores-tu donc que l'Eternel » ne se communique pas à des hom-» mes voluptueux, qui passent leur vie » dans les délices? que jamais il n'ins-» pirera des hommes livrés secrete-» ment aux erreurs du Saducéïsme? Non Caïphe, non, il ne s'abbaisse » pas jusques là.

» Ou tu as voulu nous en imposer, » ou tu as eu véritablement la vision dont tu nous parles. Si tu as voulu nous en imposer, cette imposture est digne de la politique d'un esclave des Romains & d'un lâche qui a acheté le sacerdoce. Mais supposons qu'en effet tu as eu une vision; ne sçais-tu pas, Caïphe, que Dieu autrefois a envoyé des inspirations trompeuses à de faux prophetes, pour égarer & punir des coupables? L'ange de la mort descendit de son thrône & donna de fausses visions aux prophetes, pour induire en erreur &

» pour perdre le pontife de Baal, & » le dieu de Jézabel ; pour perdre » Achab, & pour venger le sang de » Naboth, qui crioit vers le ciel. Les » chars préparés pour conduire Achab » à la victoire, le ramenerent expi- » rant : il vint mourir dans le champ » où la main de Dieu le conduisoit, » où l'ange de la mort l'attendoit pour » le frapper ; & ce champ où Naboth » avoit été égorgé, fut arrosé du sang » de ce roi impie. Tu as eu, dis-tu, un » songe qui t'ordonne de faire mourir » Jesus ? Vas, tu n'as point eu de songe ; » & celui dont tu nous parles, n'est » qu'un artifice ingénieux que ton esprit » a imaginé. . . . Mais, Caïphe, ne » trembles-tu pas, lorsqu'on prononce » seulement devant toi le nom redou- » table d'un ange de la mort ? Peut- » être qu'un d'entr'eux, pese dans ce » moment, devant le thrône de l'Eter- » nel, ton sang prêt à être répandu. » Ne crois pas cependant que je veuille » justifier le coupable Nazaréen ; tout » pervers que tu es, je le trouve en- » core plus criminel que toi : tu ne » fais que deshonorer le sacerdoce » du Seigneur, & lui veut l'anéantir.

Le Juge suprême, dont le bras a ex-
» terminé tant d'illustres scélérats, qui
» a terrassé ces superbes conquérans,
» ces destructeurs des nations, avoit
» prononcé l'arrêt de mort de Jesus,
» avant même qu'il parvînt à l'exis-
» tence. Oui, il mourra! Je veux le
» voir expirer de mes propres yeux:
» je porterai dans le sanctuaire, de la
» terre de cette colline qui aura été ar-
» rosée de son sang: je rassemblerai
» les pierres ensanglantées qui auront
» servi à son supplice, & je les dépo-
» serai aux pieds de l'autel comme un
» monument éternel pour les Israëlites.
» La crainte qui nous fait redouter la
» multitude inconstante, cette indigne
» pusillanimité ne nous a pas été trans-
» mise par nos ancêtres! Si nous ne
» nous hâtons de prévenir la foudre,
» la foudre vengeresse nous prévien-
» dra: Dieu nous écrasera avec l'im-
» posteur; nos regards mourans le
» verront mourir; nous périrons en
» même tems que lui, & nous mour-
» rons coupables. Lorsqu'Elie fit ver-
» ser le sang des prêtres de Baal, qui
» prioient en vain leur Dieu impuis-
» sant de faire tomber la foudre, crai-

» gnit-il la populace ? Sa confiance
» étoit en celui qui fit descendre le
» feu du ciel ; mais sans le secours du
» feu du ciel, j'irai moi seul au-devant de
» ce peuple ; & malheur à quiconque
» voudra s'opposer à moi ! malheur à
» quiconque voudra défendre un sang
» proscrit qui doit couler à l'honneur de
» l'Eternel ! A peine j'aurai fait signe
» aux habitans de Jérusalem, que vous
» les verrez s'empresser à lapider le sé-
» ditieux. C'est aux yeux de toute la
» Judée, c'est à la face des Romains
» même, que je veux qu'il périsse. Nous
» contemplerons son supplice du haut
» de notre tribunal, & de-là nous
» irons dans le sanctuaire en rendre à
» Dieu des graces solemnelles. »

Après avoir ainsi parlé, Philon fit quelques pas en avant dans l'assemblée, & s'écria, en levant les mains vers le ciel : « Ombre heureuse, ame du di-
» vin Moyse, en quelque lieu que tu
» sois à présent ; soit que revêtue d'une
» lumiere céleste, tu sois assise à côté
» d'Abraham, & que tu rassembles les
» prophetes autour de toi ; soit que
» tu erres parmi les mortels, & que
» tu daignes être présente aux assem-

» blées de tes enfans ; je te jure au » nom de cette alliance éternelle, qu'inf- » truit par Dieu même, tu nous ap- » portas du sein des orages ; oui, je » te jure de ne prendre aucun repos » que ton ennemi ne soit détruit ! que » je n'aie embrassé de mes mains rou- » gies du sang du Nazaréen l'autel où ton » peuple te remercie de tes bienfaits, » & que je ne les aie élevées au-dessus » de ma tête blanchie par les années ! »

Ainsi parloit Philon, en tâchant de se persuader à lui même, que l'œil de la Divinité ne démêloit pas son imposture & son hypocrisie ; mais son cœur la lui reprochoit intérieurement, & il en entendoit les cris : cependant il se tint sous les yeux de l'assemblée, avec une contenance assurée, & qui ne le trahissoit pas.

Caïphe plein d'une rage qu'il ne fut pas maître de réprimer, le visage enflammé, la poitrine haletante & les yeux fixés sur la terre, se laissa tomber, en frémissant, sur son siége d'or. Les Saducéens qui s'apperçurent de son état, se souleverent avec indignation contre l'audacieux Philon. Semblables à ces fiers animaux destinés aux combats, qui, dans le fort d'une mêlée, ayant brisé leurs rênes, se cabrent en hennissant, lorsque le trait sifflant dans les airs, porte la mort au général qu'ils traînoient dans un char de fer, & l'abbat sous leurs pieds, en rendant son ame avec les flots de son sang; ils secouent en fureur leur crinière superbe; le feu étincelle dans leurs yeux menaçans; ils frappent à coups redoublés la terre qui tremble sous leurs pieds, & poussent avec effort leur haleine enflammée contre le vent impétueux.

Dans l'excès de son indignation, l'assemblée alloit se séparer, si Gamaliel ne s'étoit avancé pour parler; la sérénité de son air annonçoit sa sagesse & sa modération: « Si, dans l'aveugle » colere qui vous égare, leur dit-il, » la raison a encore quelqu'empire sur » vous; si vous chérissez encore la vé» rité, peres, écoutez-moi. Tant que » l'esprit de secte vous aigrira, tant que » les noms odieux de Pharisiens & de » Saducéens seront entre vous le signal » de la haine, comment espérez-vous » parvenir à faire périr le Prophete? Mais » c'est peut-être Dieu qui seme parmi

» vous ce germe de jalousie & de divi-
» sion, parce qu'il veut se réserver à lui
» seul le droit de prononcer sur le sort
» du Nazaréen ? Laissez, ô peres ! lais-
» sez à Dieu le droit d'exercer son juge-
» ment ! Vos mains sont trop foibles
» pour porter ses foudres, & vous suc-
» comberiez vous-mêmes sous le poids
» de ces armes redoutables, devant les-
» quelles tremblent les cieux ! Laissez
» agir l'Être suprême, & attendez avec
» respect & en silence l'arrêt du Juge,
» qui s'approche. Bientôt il parlera ; &
» l'univers étonné entendra sa voix du
» levant au couchant. S'il dit à la fou-
» dre : Ecrase cet impie ; s'il dit à la tem-
» pête : Dissipe ses os réduits en pous-
» siere, & répands-les aux quatre coins
» du monde ; s'il dit au fer étincellant :
» Sors du fourreau, arme des mains ven-
» geresses, abreuve-toi de son sang ;
» s'il dit à la terre : Ouvre tes abysmes,
» engloutis le coupable ; alors, peres,
» alors nous serons en droit de re-
» garder Jesus comme un fourbe &
» comme un imposteur. Mais s'il con-
» tinue à répandre la bénédiction sur
» la terre, à y opérer des prodiges cé-
» lestes ; si, par sa vertu toute-puissante,

» l'aveugle leve ses regards enchantés
» vers le soleil; s'il voit tout-à-coup avec
» ravissement la main qui servoit de
» guide à ses pas: (pardonnez, peres,
» si, en me livrant trop au sentiment
» d'admiration que m'inspirent les
» merveilles de Jesus, je parle de lui
» devant vous, en des termes qui vous
» blessent peut-être;) si l'oreille du
» sourd s'ouvre à la voix de l'homme;
» si elle entend la voix du prêtre, au
» moment qu'il bénit le peuple; s'il
» entend de nouveau la voix enchan-
» teresse de sa jeune épouse, & celle
» de sa tendre mere; s'il entend les
» chants d'allégresse qui célébrent les
» jours de fêtes; si, à la présence du
» Messie, les morts s'éveillent, mar-
» chent & viennent déposer contre
» nous; si, après avoir levé vers le
» ciel, avec des larmes de reconnois-
» sance, leurs yeux rouverts à la lu-
» miere, il les reportent sur nous avec
» indignation, en nous montrant leurs
» tombeaux; s'ils nous menacent de
» ce tribunal terrible devant lequel ils
» ont déja paru: mais si, ce qui est
» encore plus au-dessus de l'homme,
» il continue à mener parmi nous une

» vie irreprochable ; si, à force de ver» tus, à force de bienfaits, il s'égale » à la Divinité même ; parlez, peres, » parlez, je vous le demande au nom » du Dieu vivant, le condamnerons» nous ? »

Ainsi parla le sage Gamaliel. Le soleil avoit déja achevé la moitié de son cours, & dardoit ses rayons brûlans sur la ville de Jérusalem, lorsque Judas se mit en chemin, pour se rendre au lieu où les prêtres étoient assemblés. Satan & Ituriel marchoient à ses côtés : ils entrerent avec lui dans la salle ; & invisibles à tous les yeux, ils parcouroient de leurs regards cette nombreuse assemblée.

Nicodeme étoit resté assis, & observoit en silence l'air & le maintien de tous les assistans : ils paroissoient tous frappés de cette terreur secrette qu'éprouve un scélerat qui tremble & qui pâlit, lorsque la foudre gronde dans les cieux au-dessus de sa tête. Philon même & Caïphe furent confondus par la sagesse de Gamaliel. Nicodeme qui les craignoit, mais qui les méprisoit en même tems, osa se lever pour prendre la parole : sa taille étoit haute & majestueuse; tout respiroit en lui la douceur & l'humanité. L'impression de la douleur étoit répandue sur son visage, dont tous les traits caractérisoient la noblesse de son ame aussi sensible que vertueuse. Ses yeux versoient des larmes; & il ne cherchoit pas à cacher ces preuves si sinceres d'un cœur compatissant, parce qu'il croyoit parler devant des hommes.

» Sois à jamais béni parmi les hom-
» mes, dit-il, ô Gamaliel! Soient bé-
» nies à jamais les paroles de ta bou-
» che, ô mortel respectable! Le Sei-
» gneur ta donné l'ame d'un héros;
» & ton éloquence est semblable au
» glaive tranchant. Le feu de tes pa-
» roles a pénétré jusqu'à nos os; ils
» en tremblent encore, & nos genoux
» mal assurés fléchissent sous nous. Un
» nuage épais est étendu sur nos yeux;
» il nous semble encore voir l'Eternel
» armé de la foudre, au milieu des ora-
» ges, prêt à faire rentrer dans la pous-
» siere les téméraires qui osent s'éle-
» ver contre ses desseins impénétrables.
» Que ce Dieu, ô Gamaliel! qui t'a
» inspiré la sagesse, qui t'a donné un
» courage si mâle, une ame si sublime,

» te protege éternellement ! Puisse aussi
» son Messie être à jamais ton protec-
» teur, & celui de toute ta postérité !
» Mais vous, qui persécutez le Pro-
» phete de Dieu, il ne m'est pas per-
» mis de faire les mêmes voeux pour
» vous. Je ne sçaurois les faire pour toi,
» Philon, ni pour toi non plus, ô
» Caïphe ! Je ne peux que verser des
» larmes devant vous; mais hélas ! la
» voix des larmes, de ces larmes que
» l'humanité fait répandre sur l'inno-
» cence opprimée, se fait-elle encore
» entendre à votre cœur, & peut-elle
» le toucher ? Il en est tems encore,
» ô peres ! écoutez-la, cette voix plain-
» tive, qui gémit pour sauver l'inno-
» cence; écoutez-la; à peine le sang
» innocent sera répandu, qu'il s'élevera
» vers le ciel, & criera contre vous,
» avec un bruit semblable aux mugis-
» semens de la tempête : il parviendra
» à l'oreille de l'Eternel; il l'écoutera
» & viendra, dans sa fureur impitoya-
» ble, venger celui que vous aurez
» égorgé. Israël, Israël, demandera-
» t-il, qu'est devenu ton Messie ? S'il
» ne le trouve plus, alors il extermi-
» nera, du levant au couchant, tous les

» hommes sanguinaires qui auroit » trempé dans le meurtre de son Envoyé. »

Après ces mots, Nicodeme se retira; Philon étoit encore sur son siége: la fureur & la rage étincelloient dans ses regards menaçans. Il tâcha en vain, par orgueil, de cacher l'agitation violente où il étoit; ses efforts furent inutiles. Ses yeux s'obscurcirent; une nuit épaisse l'enveloppa & lui déroba la vue de l'assemblée. Il se trouvoit dans ce moment de crise où il faut que l'homme tombe anéanti, ou que ses esprits glacés s'enflammant avec effort, se raniment de nouveau. Philon sortit de son accablement; son cœur oppressé reprit son mouvement, & son sang bouillonnant se porta avec impétuosité à son visage, & lui donnoit un air affreux: cet air annonçoit Philon. Il se leve brusquement, sort de sa place avec tout le désordre de l'emportement & du courroux, tel, que du sein d'un orage redoutable, qui s'arrête sur des montagnes inaccessibles, se détache un nuage noir, qui porte la foudre & la devastation dans ses flancs: si les autres nuages font plier la cime des cèdres sous leurs efforts redoublés, celui-ci, en lançant mille tonnerres, va, d'un bout de l'olympe à l'autre, ensevelir sous leurs ruines les montagnes couvertes de forêts, & les fastueuses habitations des rois ; ces villes immenses, dont les tours s'élevoient jusqu'aux cieux. C'est ainsi que Philon se précipite en avant. Satan, tu l'observois, & tu disois en toi-même : « Sois mon organe, ô Philon ! » Je te consacre, dès ce moment, comme » mon ministre. Que le discours que » tu vas prononcer, respire l'esprit des » enfers ! qu'il coule impétueusement » comme les eaux de leurs fleuves re» doutés ! qu'il ait la force & la vio» lence des vagues de la mer de feu ! » qu'il ait l'activité du souffle des ton» nerres qui mugissent dans ma bou» che, quand je donne mes ordres » destructeurs ! qu'il soit empreint de » ce sentiment de haine & de fureur, » qui anime les puissances infernales, » dans les projets qu'elles forment con» tre le genre humain ! Voilà, Philon, » comme je veux que tu parles. Que » ce peuple subjugué par ton éloquence » se laisse conduire à ton gré ! Puisse

» ton esprit enfanter des idées! puisse ton
» cœur être inondé de sentimens dont
» Adramélec même s'applaudiroit, s'il
» étoit homme. Prononce au Nazaréen
» sa sentence de mort! Je t'en récom-
» penserai en remplissant ton cœur de
» toutes les joies des enfers, lorsque tu
» verras couler son sang; & quand tu
» viendras nous rejoindre dans la nuit
» éternelle, je veux moi-même te servir
» de conducteur, & te présenter à ces
» ombres illustres, qu'on honoroit du
» nom de Héros sur la terre, parce qu'ils
» l'abreuvoient du sang des hommes. »

Satan parloit ainsi en lui-même, & Ituriel l'entendit. Cependant Philon levant les yeux au ciel, dit :

» Autel sanglant, autel sur lequel
» on immole à Dieu l'agneau de ré-
» conciliation; & vous, autres autels,
» sur lesquels on lui offroit autrefois
» un encens pur, dont l'odeur lui étoit
» agréable; arche de l'alliance! & toi,
» Saint des Saints! vous, chérubins,
» & vous, anges de la mort! thrône
» de la grace, où siégeoit jadis l'Eter-
» nel, d'où il recevoit les adorations
» des hommes, & d'où il jugeoit les
» pécheurs, du fond d'une sainte obs-

» curité ! temple que le Seigneur rem» plissoit de sa Majesté ! & toi, Mo» ria, montagne sur laquelle Dieu fit » entendre sa voix ! si le Nazaréen » vous détruit ; si ces hommes pervers, » qu'il traîne à sa suite, vous détrui» sent ; si un jour nos descendans, la » douleur dans l'ame, la pâleur sur le » front, & se tordant les mains de déses» poir, vont chercher le Dieu de nos » peres dans son sanctuaire, & ne l'y » trouvent plus, je n'en suis pas cou» pable. Je ne suis pas coupable, si le » Nazaréen s'est érigé un thrône à l'en» droit où Dieu avoit placé le sien au» dessus des chérubins ; si, aux yeux de » tout Israël, de vils idolâtres vont » brûler devant l'imposteur un encens » profané, dans le lieu même où étoit » suspendu le voile qui couvroit le » Saint des Saints, où le seul grand» prêtre autrefois, la face voilée, n'a» vançoit qu'avec une crainte respec» tueuse vers le Thrône des graces ! » Grand Dieu ! ne me rends pas té» moin de tant d'horreurs, & ferme » mes yeux, avant que ces abominations » se répandent sur ton peuple ! Je fais, » & tu le vois, tout ce qui est en mon

» pouvoir, pour empêcher la destruc-
» tion de ton culte! Me voilà devant
» toi, Dieu d'Israël, écoute-moi. Si
» jamais les prieres que t' adressées
» les hommes prosternés ns la pous-
» siere, sont parvenues jusqu'à toi! si,
» à la voix d'Elie, le feu du ciel a
» frappé les satellites envoyés par
» Okosias, & a dissipé leurs cendres
» sur le mont Carmel! si, à la priere
» de Moyse, les abysines de la terre
» se sont entr'ouverts, & ont englou-
» tis Coré, Abiron & Datan; refuse-
» ras-tu de m'exaucer, lorsque je mau-
» dis ceux qui blasphêment ton saint
» nom, & qui se déclarent les protec-
» teurs d'un fourbe ennemi de Moyse
» & de ta loi. Nicodeme, puisse ta
» mort ressembler à la mort infâme,
» préparée au Nazaréen; & que ta sé-
» pulture soit, comme la sienne, parmi
» les scélérats qu'on lapide loin du
» temple & de l'autel! Puisse, à ta der-
» niere heure, ton cœur devenu in-
» sensible & stupide, méconnoître la
» Divinité! Ou si, dans ces momens
» terribles, tu t'efforces de te réconci-
» lier avec elle, puisse ton œil demeu-
» rer sec, & les larmes lui être refu-

ſées, puiſque tu en as verſé pour la cauſe d'un impie, & que tu as combattu contre l'Éternel! Et toi, Gamaliel, toi qui proteges auſſi l'impoſteur que nous voulons proſcrire, que tes yeux ſoient à jamais fermés à la lumiere, & ton oreille à tous les ſons! qu'égaré & ſans guide au milieu de cette populace qui, comme toi, regarde le Nazaréen avec admiration, tu attendes inutilement ſon ſecours! qu'une mort affreuſe termine ta vie, & que ce même peuple auquel tu auras follement crié, IL ME RESSUSCITERA, foule à ſes pieds ton corps étendu ſur la pouſſiere, & devoré par la corruption, en ſe moquant de toi & de ton prophete! Qu'alors ton ame paroiſſe devant le Tribunal ſuprême, pour y recevoir ſa ſentence! Grand Dieu! leve ton bras redouté; frappe le ſéducteur! frappe Nicodeme! Accomplis la malédiction que je viens de prononcer pour ta gloire! Etends auſſi ſur la pouſſiere, où habite la mort, ce Gamaliel, cet inſenſé qui, comme lui, a fléchi le genou! Mais arme-toi de toute ta fureur, de cette fureur qui fait trembler la terre

» & les enfers ! Rassemble tous tes ton-
» nerres, pour écraser le Nazaréen,
» encore plus coupable qu'eux ! De-
» puis ma jeunesse jusqu'à la decrépi-
» tude à laquelle je suis parvenu, je
» t'ai toujours servi, & j'ai sacrifié sur
» tes autels, selon l'usage de nos pe-
» res. Mais si tu permets, ô mon Dieu !
» que je devienne le témoin du triom-
» phe d'un fanatique séditieux ; si tu
» souffres que l'alliance que tu as jurée
» à Abraham & à ses descendans, soit
» détruite, & que ton sanctuaire soit
» profané ; dès ce moment même,
» & à la face de toute la Judée, je
» renonce à ton culte, à tes loix ; j'a-
» cheverai ma carriere sans toi ; & sans
» toi, mon corps chancelant & courbé
» par les années, descendra dans le
» tombeau ! Si tu ne détruis pas le Na-
» zaréen, si tu ne le fais pas disparoî-
» tre de dessus la terre, non tu n'as pas
» apparu à Moyse : ce qu'il a cru voir
» dans le buisson sacré, n'étoit qu'un
» prestige, n'étoit qu'une illusion !
» Non, tu n'es pas descendu sur le mont
» Sinaï, au milieu du bruit des trom-
» pettes & du tonnerre ! la montagne
» n'a pas tremblé ! Nos peres & nous,

depuis un tems immémorial, nous sommes les jouets de l'erreur, & les êtres les plus avilis & les plus déplorables de la nature entiere ! notre loi ne nous vient pas des cieux ; non, tu n'es pas le Dieu d'Israël ! »

Après avoir ainsi parlé, Philon se remit sur son siége avec fureur. Nicodeme, les yeux fixés en terre, avoit la contenance d'un homme qui souffre l'oppression, mais qui sent intérieurement tout l'avantage que son innocence & sa vertu lui donnent sur l'oppresseur. Le calme & la sérénité brillent sur son visage ; le ciel est dans son cœur. Dans ce moment, cet homme céleste se rappelloit la nuit fortunée où le Messie s'étoit entretenu avec lui sur l'éternité & les mysteres de l'Infini ; cette nuit où le Messie assis à ses côtés, absorbé dans les méditations les plus sublimes, daignoit lui parler & l'instruire. Il se rappelloit jusqu'au son de voix dont il animoit ses discours : il lui sembloit voir encore ce sourire divin, ce sentiment de douceur & de bienfaisance répandues sur son visage ; ce feu qui brilloit dans ses yeux ; cet assemblage de toutes les vertus ; ces traits de grandeur & de majesté qui caractérisent l'Eternel, & qui faisoient reconnoître son Fils. Nicodeme adoroit en silence. Cet état de béatitude, ce feu puissant, cet enthousiasme divin, qui l'embrasoient intérieurement, l'éleverent au-dessus de toute crainte; il ne vit plus les hommes : il lui sembloit qu'il étoit devant le thrône de l'Eternel, au milieu de tout le genre humain qui attendoit le jugement. Toute l'assemblée avoit fixé ses regards sur lui: ses yeux sereins, pleins de cette force irrésistible de la vertu redoutable, en imposoient à tous ces hommes vicieux: ils sentoient, en frémissant, l'ascendant que Nicodeme avoit sur eux; il les força de l'écouter.

» Salut à moi, qui t'ai vu de mes » yeux, ô Homme divin! qui ai vu » l'espérance de nos peres, le Sauveur » du monde! Abraham, au fond de la » solitude de la forêt de Mambré, sou» piroit après ta présence! David, cet » homme né pour la priere, t'auroit » arraché du sein de ton pere, par ses » voeux ardens, s'il l'avoit pu! Les » prophetes prosternés dans la pous» siere, t'ont demandé avec des larmes

» que

que Dieu lui-même a recueillies ; & c'est à nous qui sommes indignes d'un tel bienfait, qu'il a daigné te donner ! Tu as percé les voûtes du ciel ; tu es venu habiter parmi ton peuple, pour le combler de bénédictions, ô Fils du Tout-puissant ! & c'est toi que des impies osent traiter de coupable & d'imposteur ? Qui sont-ils ces pervers, qui te donnent ces noms odieux ? Quand as-tu machiné quelque imposture ? De quel crime t'es-tu jamais rendu coupable ? Reponds, Philon ; n'y étois-tu pas toi-même, lorsqu'au milieu des Israëlites rassemblés autour de lui, cet homme innocent demanda à haute voix : Qui de vous peut me convaincre d'un peché ? Que n'as-tu alors, ô Philon ! lancé contre lui tous ces traits empoisonnés que ta langue distille aujourd'hui avec tant de malignité ? Pourquoi tous les Juifs, & toi, êtes-vous restés interdits ? » Un rofond silence régna dans l'assemblée ; hacun cherchoit avidement des yeux, quelqu'un se leveroit dans la foule, our l'accuser : tous partagés entre la ainte & la joie, restoient dans une attente muette. Voyant alors que personne ne se levoit pour déposer contre ce Mortel divin, le peuple entraîné par un sentiment unanime, poussa vers le ciel des cris de bénédiction. Moria, & la montagne des oliviers retentirent de ces acclamations. Ceux à qui il avoit rendu la vue ou l'ouïe, percerent alors la foule & vinrent faire éclater leur reconnoissance à ses pieds. Alors ce même peuple, qu'autrefois il avoit miraculeusement nourri dans le désert, accourut avec transport à son bienfaiteur; alors le jeune homme qu'il avoit ressuscité aux portes de Naïm, s'écria: « Non, tu n'es pas » un homme; non, tu n'es pas né » pécheur; tu es le Fils du Dieu » vivant! Cette main que j'étends vers » toi, s'étoit roidie; ces yeux qui » versent des larmes de joie, s'étoient » fermés pour jamais; cette ame qui » te chérit, qui t'adore, m'avoit abandonné; on me portoit au tombeau: » c'est toi qui as rendu le mouvement » à cette main glacée par la mort; » c'est toi qui as rouvert mes yeux à » la lumiere! J'ai vu de nouveau la » terre & le ciel, & ma tendre mere tremblante à mes côtés : tu as rappellé mon ame ; elle a ranimé mon corps, & on ne m'a pas descendu dans le tombeau. Tu es plus qu'homme ! tu n'es pas né pecheur ! tu es le Fils de l'Eternel ; tu es la gloire & la felicité de la terre que tu viens racheter ! Voilà, tu t'en souviens, Philon, ce que ce jeune homme dit à haute voix ; tu l'entendis : pourquoi restas-tu muet, interdit, & le front baissé à la face de toute la Judée ?... Mais pourquoi vous rappeller ici un fait dont vous avez tous été témoins ? Ah ! Philon, si tes yeux vouloient voir, si tes oreilles vouloient entendre, si ton esprit n'étoit pas enveloppé de ténèbres, & ton cœur rempli de méchanceté, il y a long-tems que tu aurois reconnu en lui le Fils du Maître du monde. Mais quand même ta propre foiblesse & ton néant t'auroient empêché de le reconnoître en effet, n'aurois-tu pas dû au moins craindre Dieu, respecter la justice & attendre en silence, & dans la poussiere, que le Juge suprême l'eût justifié ou condamné du haut des cieux ?

» O religion de la Divinité! amie » sainte du genre humain, fille du ciel, » source pure & sacrée de toutes les » vertus, mere de la paix, don le plus » précieux que les cieux ayent fait à » la terre, immortelle comme ton Au» teur, belle comme tous les êtres » heureux qui environnent son thrône » auguste, douce & bienfaisante comme » eux; c'est toi qui éleves l'ame de » l'homme, & y fais naître les pensées » les plus sublimes, & tous les senti» mens qui l'attachent à son Créateur! » Voilà comme tu existes dans l'ame » des séraphins, & voilà les traits sous » lesquels tu parois à l'homme, quand » ta lumiere divine embrase & éclaire » son cœur! Mais, glaive affreux entre » les mains du fanatique, idole teinte » de sang, ordonnant la persécution » & le meurtre, fille abominable des » enfers, & non religion; plus obs» cure & plus effrayante que la nuit » éternelle; aussi hideuse que les ca» davres déchirés que tu égorges au » pied de tes autels; tu oses ravir ces » foudres que le bras du Juge suprême » s'est seul réservé le droit de lancer! » Ton pied pose sur les enfers, & ta tête menace les cieux ! Voilà ce que tu deviens, quand des cœurs pervers te dénaturent, quand les ennemis du genre humain te transforment en un monſtre ! Religion, ouvrage de la Divinité ! non, ce n'eſt pas toi qui demandes le ſang de celui ſans qui tu ne ſerois pas ; de celui que les prophetes avoient annoncé, avant que tu deſcendiſſes ſur la terre, pour y être profanée ; de celui enfin qui eſt tout à la fois ton fondateur & ton objet ; non ce n'eſt pas toi, ſainte religion, qui conſeillerois de l'immoler ! Tu n'enſeignes pas le meurtre, toi qui nous as été donnée comme le ſceau de notre alliance avec Dieu, & comme celui de notre félicité éternelle. Quand je jette une vue attentive & réfléchie ſur ce qui ſe paſſe ici, l'atrocité des hommes me les feroit prendre en horreur ! Je frémis quand je vois que tant d'êtres que Dieu a animés de ſon ſouffle, ſont aſſez coupables & aſſez méchans, pour confondre un fanatiſme barbare qui les dépouille de toute humanité, avec la religion qui la commande ! Quoi ! vous êtes aſſez aveugles pour ne pas diſtinguer

» la religion de la soif du meurtre &
» du carnage ? Vos cœurs abjects ne
» sont pas sensibles aux attraits de l'ai-
» mable innocence ? Sa beauté ne vous
» touche pas ?... Mais que lui import
» que vous la connoissiez ? Dieu la
» connoît ; les anges la connoissent
» aussi ; elle ne tremblera pas à la vue
» des persécutions que des tyrans lui
» préparent. Tandis que rempans sur
» cette poussiere dans laquelle nous
» sommes nés, nous osons nous élever
» & déposer contre elle, les anges l'ad-
» mirent du haut des cieux, & l'Eter-
» nel lui sourit. Lorsqu'au jour du juge-
» ment, la voix des séraphins tonne
» sur nos têtes coupables, alors nous
» crierons aux collines de nous cacher,
» aux montagnes de se renverser sur
» nous, à l'Océan de nous engloutir,
» à la destruction de nous anéantir
» pour éviter les regards des élus, &
» l'aspect redoutable du Juge suprême!
» Sublime pensée du jugement dernier,
» fortifie-moi ! Sers-moi d'asyle comme
» une montagne sur laquelle je puisse
» me refugier au moment où le Messie
» mourant fermera les yeux à la lu-
» miere ! Je sens déja dans mon cœur

toute l'horreur que ce moment me causera. Il me semble voir un glaive à deux tranchans suspendu sur ma tête! En vain je veux m'élever au-dessus de moi-même, par la grande pensée du jugement; mon ame déchirée y est comme insensible; elle n'est ouverte qu'à la douleur & à la compassion. On veut te faire mourir, Homme divin! toi, que mes bras ont si souvent porté dans ton enfance; toi, que j'ai si souvent serré contre mon sein palpitant de joie & de tendresse. Déja les docteurs se rassembloient autour de toi, t'écoutoient & t'admiroient! Les immortels sortoient des régions célestes, pour assister à tes leçons, &, pleins de ravissement, chantoient des hymnes à ta gloire! Tu ressuscitois les morts; tu commandois à la tempête, & la tempête t'obéissoit; tu calmois d'un coup d'œil la mer en fureur; tu marchois sur les flots; & les flots élevés jusqu'aux nuës, s'applanissoient sous tes pas! Les cieux te contemploient marchant sur la surface des eaux!... On veut que tu meures!... Ah! meurs, meurs donc,

» si c'est la volonté de ton Pere!...
» Je cours te dresser un tombeau &
» l'arroser de mes larmes.... je cours
» à la source sacrée de Bethléem, où
» Marie te mit au monde; & là je
» veux mourir, en pleurant le meilleur,
» le plus parfait de tous les hommes!
» Fils de Dieu, Ange de l'alliance....
» que ma fin soit semblable à la tienne!
» Que mon tombeau soit auprès du
» tien; près de ces os qui reposeront
» en paix, & qui ressusciteront pour
» la vie éternelle!... Mais, pourquoi
» différé-je de sortir de cette assem-
» blée impie? J'en sors saint & pur.
» Dieu m'a entendu! Oui, je suis pur
» du sang du Juste, de l'Innocent!
» Appelle-moi maintenant à toi, ô
» Juge des mondes! car je n'ai point
» eu de part au conseil des méchans.»

Il dit, & s'arrête; il se prosterne & s'écrie en adorant: « Toi, qui étois » avant Abraham, ô Messie! tu seras » mon témoin au grand jour du juge- » ment! Je t'adore comme mon » Dieu! » Après avoir dit ces mots, il se leve & adresse la parole à Philon. La douce sérénité brilloit sur son visage comme sur celui d'un séraphin:

» Tu m'as maudit, Philon ; & moi je te bénis. Voilà ce que me prescrit » celui que je viens d'adorer comme Dieu. Ecoute-moi, Philon, & reconnois-le. Lorsque tu seras au moment de mourir, & que, dans ce » moment terrible, le sang de l'Innocent que tu auras immolé, s'élevera » contre toi comme les vagues d'une » mer en fureur ; que la voix de la » vengeance retentira à ton oreille, » comme la tempête du Seigneur ; si, » quand tu entendras résonner autour » de toi dans les ténébres les pas de » fer du Juge prêt à paroître ; si, » quand tu verras briller le glaive qu'il » aiguise, & son trait enyvré du sang » des cruels ; quand la terreur de la » mort sortira de la face de Dieu, & » te glacera d'effroi ; alors, Philon, » alors si ton ame s'ouvre à d'autres » sentimens que ceux que tu viens de » montrer ; si l'appareil du Jugement » se retrace à ton œil glacé & mourant, si tu t'humilies, si tu t'anéantis » dans la poussiere devant le Juge exterminateur ; si, baigné dans les larmes, si, déchiré par les remords, » tu cries du fond de ton cœur à l'E-

» ternel d'avoir pitié de toi ; qu'il » t'écoute, ô Philon ! qu'il ait pitié de » toi ! »

Il dit ; & perçant la foule, il sortit de l'assemblée, accompagné de Joseph.

Ituriel suivit Nicodeme des yeux, lorsqu'il sortit. Plein de ravissement, le séraphin s'éleve dans les airs & plane les bras étendus. Ses regards tournés vers le ciel, exprimoient sa satisfaction ; le sentiment d'une joie céleste rayonnoit autour de son front immortel. Ainsi qu'un jeune habitant des cieux s'arrête au pied du thrône éternel, sur des collines fleuries, pour écouter le sublime Eloa, lorsqu'en présence de Dieu, il chante sur sa harpe sonore un hymne à l'honneur de la vertu, & qu'il peint les chastes transports de deux amans qui se retrouvent après avoir été séparés ; le jeune séraphin, à la garde de qui ces vertueux amans ont été confiés, est dans l'enchantement : Eloa continue & peint avec des traits de feu la rapidité des pensées, & la pureté des sentimens qui se succedent dans ces ames tendres & naïves ; le séraphin hors de lui-même, pousse involontairement des cris d'allégresse, & ne peut suffire à la délicieuse yvresse qu'il éprouve : tel étoit Ituriel en écoutant Nicodeme. « O » race humaine, dit-il : quelle béati» tude ne dois-tu pas attendre après » la mort du Sauveur, si tu as beau» coup d'ames semblables à celle de » ce mortel divin? » Il prononça ces mots assez haut, pour que Satan les entendît. Il leve les yeux & apperçoit le séraphin dans son extase & son ravissement. Cependant Nicodeme poursuivoit son chemin, accompagné de Joseph, & lui dit en le quittant : « Il » m'a semblé, mon cher Joseph, que » tu rougissois de lui! » Ce mot lui perça le cœur. Le pieux Joseph s'étoit déja reproché intérieurement son silence, & en avoit versé des larmes secrettes. Il se sépara tristement de Nicodeme ; la douleur l'empêcha de répondre : il ne put que lever au ciel un regard qui attestoit son innocence.

Nicodeme avoit laissé toute l'assemblée dans l'étonnement & la confusion. Il avoit fait dans l'ame de tous une plaie dont ils s'efforçoient alors d'étouffer le sentiment douloureux ; une plaie mortelle, qui se rouvrira dans toute sa profondeur, au jour terrible de la rétribution, & qui saignera éternellement; comme ne pouvant plus alors assoupir le juge incorruptible que Dieu a mis dans tous les cœurs. Tous gardoient le silence; & l'assemblée alloit se séparer, lorsqu'Iscariot, un des disciples du Juste persécuté, se présenta. Il fut introduit, & traversa tranquillement les rangs, sous les yeux de toute l'assemblée dont les regards étoient fixés sur lui. Caïphe le reçut avec les démonstrations de la joie, lui sourit d'un air gracieux, & se pencha vers lui, pour l'écouter. Judas dit à voix basse quelques mots au grand-prêtre, qui, se tournant aussi-tôt du côté de l'assemblée, lui parla en ces termes: » Il reste encore dans Israël des » hommes généreux, qui ne fléchissent » pas le genou devant l'idole. Celui » que vous voyez, c'est un de ses dis- » ciples; & il a cependant assez de » courage pour respecter encore la loi » de nos peres: il est juste de le ré- » compenser. » Iscariot reçut la récompense qui lui étoit offerte; & fier de l'accueil qu'on lui avoit fait, il sortit de l'assemblée d'un air satisfait. Il trouva ſeulement que cette récompenſe étoit bien médiocre ; mais il s'en conſola par l'eſpoir d'en obtenir une plus conſidérable, quand il auroit conſommé ſon crime. Philon, en voyant paſſer le perfide, en eut horreur. Il frémiſſoit de dépit & d'indignation, de voir qu'un mortel auſſi vil vînt s'aſſocier à ſa gloire. Cependant il ſe contraignit & laiſſa tomber ſur lui, en ſouriant, un regard qui ſembloit dire à ce traître d'achever ſon ouvrage. Il le ſuivit quelque tems des yeux. C'eſt ainſi que le pere des crimes & des calamités ſuit d'un œil moqueur & ſatisfait le conquérant qui vole aux combats. C'eſt lui qui inſpire à ces monſtres, que nous nommons Héros, la cruauté réfléchie, & étouffe en eux tout ſentiment d'humanité. Le phantôme de la gloire vient faſciner leurs yeux : ils voient d'avance leurs fronts ſuperbes ceints du laurier des vainqueurs, & ne mettent au rang des hommes, que ce tas d'animaux féroces qu'ils entraînent ſur leurs pas. Regardez le barbare voler comme un lion, pour ordonner le ſignal du combat ! Le bruit affreux du champ de fer retentit délicieuſement à son oreille : il entend sans émotion les cris plaintifs des mourans : il a oublié qu'il est né Chrétien, ainsi que les infortunés qu'il immole ; il a oublié qu'il est homme, & que les foudres du jugement l'éveilleront comme le reste des mortels ! Judas encouragé par l'approbation du Pharisien, & perdu dans des rêves d'or, se hâte d'aller chercher Jesus.

Jesus avoit quitté les bords ombragés du Cédron, & s'avançoit à travers les palmiers de la vallée. Il voit Jérusalem & le temple qui étoit son type ; il voit l'assemblée de ses ennemis, qui étoit en même tems la premiere assemblée de Chrétiens. « Voilà, dit-il à » ses disciples, un témoin qui dépose » contre eux ; je ne pleure plus les en» fans de Jérusalem, c'est cette ville » impie qui a égorgé tous les saints qui » reposent dans ces tombeaux ; cepen» dant plusieurs de ses fils seront un » jour à moi, & déposeront en ma » faveur avec vous. Je vais maintenant » exécuter les ordres de mon Pere ; » bientôt tout vous sera développé. » Vous Pierre, & vous Jean, allez à » la ville ; vous y rencontrerez un jeune

» homme portant un vase plein d'eau : » il vous regardera souvent avec sur- » prise, & d'un air qui marquera de » la bienveillance. Suivez-le où il ira ; » & quand vous serez arrivés à la mai- » son, vous direz à celui à qui elle » appartient : Notre Maître nous en- » voie ici, pour y célébrer la pâque. » L'homme de bien aussi-tôt vous » conduira dans une salle haute, qui est » déja toute préparée. »

Les disciples trouverent les choses comme Jesus les avoit annoncées ; ils firent préparer l'agneau. Tandis qu'on étoit occupé des préparatifs de la fête, Pierre monte sur la terrasse de la maison, & regarde sur le chemin qui conduit à Béthanie, pour voir si Jesus n'arrivoit pas. En promenant de tous côtés ses regards impatiens, il apperçut la tendre Mere du Messie, qui venoit accompagnée de quelques amis. Elle avoit cherché son Fils pendant plusieurs jours, & avoit passé de longues nuits dans l'inquiétude & les larmes. Quoiqu'accablée de fatigues & de douleurs, sa beauté n'en étoit que plus touchante. Marie, l'auguste Marie ne connoissoit pas elle-même toute sa grandeur & sa dignité. Son cœur pur, son ame douce & pleine de candeur, étoient inaccessibles au sentiment de l'orgueil. Elle étoit digne, si jamais une mortelle le fut, d'être la premiere des filles d'Eve, si Eve n'avoit pas péché. Lazare, que Jesus avoit ressuscité depuis peu de tems, marchoit à côté de Marie; un caractere au-dessus de l'humanité, respiroit dans toute sa personne: le sourire avec lequel un Chrétien mourant sent échapper son ame, en peut seul donner une idée. Uniquement occupé de l'éternité, à peine voyoit-il la terre. Il se rappelloit sans cesse le moment qui avoit précédé sa mort, & celui où, rappellé à la vie, il s'élevoit du fond de son tombeau, à la voix du Messie, comme à l'aspect de l'Eternel. Sa sœur Marie le suivoit; Marie, dont le cœur docile aux leçons de Jesus, se formoit à la sagesse, en l'écoutant prosternée à ses pieds. La pâleur de la mort étoit répandue sur son visage inanimé; ses yeux éteints par la douleur, retenoient avec peine des larmes prêtes à s'échapper. Ses pensées erroient tantôt sur le vertueux Nathanaël, son bien-aimé, à qui le Sauveur avoit donné le nom d'*integre* ; & tantôt sur son frere céleste, que le trépas lui avoit ravi, & qui lui avoit été rendu. Marie voit arriver tranquillement le terme de sa vie : si elle s'afflige de la pâleur dont lui parle souvent sa compagne, ce n'est qu'à cause de l'inquiétude qu'elle donne à son frere & à Nathanaël. A côté d'elle marchoit la modeste & l'aimable Cydélie, fille de Jaïre, à peine parvenue à l'âge de douze ans : elle avoit étoit moissonnée comme une tendre fleur, sous les yeux de sa mere à qui le Messie la rendit. La sainteté de sa vie attestoit sa résurrection. Sensible aux seuls attraits de la vertu, elle ignoroit le prix de la beauté, & le charme de la jeunesse qui s'épanouissoit en elle, & l'excellence de son cœur formé pour l'amour vertueux. Telle étoit la plus belle des Israëlites, la jeune Sunamite, lorsqu'éveillée par la voix de sa mere, elle la suivit sous les arbres d'où découle la myrrhe, & que, dans des nuées de parfums, elle respira cet amour céleste, qui dévéloppa la sensibilité dans son ame, & lui faisoit chercher avec émotion, & en tremblant, l'adolefcent fortuné que le ciel avoit créé pour elle. Ainfi la modefte Cydélie, les cheveux flottans en boucles fur fes épaules, & parée de tout l'éclat de la premiere jeuneffe, tenoit Marie par la main, & marchoit à côté du tendre Sémida, que le Sauveur avoit tiré comme elle, du fommeil de la mort, aux portes de Naïm.

Cependant la Mere de Jefus avoit apperçu Pierre, & dans l'inftant, avoit couru vers lui, dans l'efpoir de trouver fon Fils. Pierre & Jean étoient defcendus dans la falle, & vinrent au-devant d'elle. Dès qu'ils la virent, ils furent frappés d'étonnement & de refpect; tant fon air & tous les traits de fon vifage annonçoient de grandeur & de majefté! Le Créateur du monde, avant qu'il fe fît homme, comme il le redeviendra encore, lorfque des cendres de la réfurrection il fera fortir de nouveaux corps, des corps défor mais incorruptibles, pour revêtir les ames immortelles; le Créateur s'étoit plu à répandre fur elle un caractere divin, qui effaçoit tout ce qui l'approchoit. Ses deux compagnes marchoient modeftement à fes côtés: elles étoient les deux femmes les plus accomplies de toute la Judée; toutes deux dignes de sa tendresse, ne pouvoient être effacées que par elle. Ainsi, quoique la montagne de Sion répose agréablement aux yeux de Dieu; que la montagne des oliviers ait souvent reçu le Messie, lorsqu'il luttoit dans la priere, & que le Saint des Saints, répose sur le front de Moria, qui tremble sous son poids; le Tabor cependant, ce théatre de la gloire du Sauveur, ce lieu immortel consacré par la sublime transfiguration, s'éleve avec magnificence, au-dessus de toutes les montagnes de la Judée : telle étoit l'auguste Marie entre les saintes femmes qui l'accompagnoient. Quand elle ne vit pas son Fils, avec ceux de ses disciples qu'elle sçavoit lui être les plus chers, elle resta immobile de saisissement & de douleur. Quand elle eut recouvré l'usage de la voix, elle s'écria, en fondant en pleurs :

» O toi! que je n'ose nommer mon » Fils, car tu es trop au-dessus de l'hu» manité, pour avoir une mere mor» telle! toi, que mes bras ont porté, » & qui, en me souriant d'un air plein

» de tendresse filiale, t'es si souvent
» collé contre mon sein; toi, dont
» tous les pas sont marqués par autant
» de prodiges, tu es trop grand pour
» avoir été conçu par Marie, & pour
» être aimé d'elle! Où est-il, cher
» Jean, où est le Fils de l'Eternel?
» Je le cherche par-tout pour l'avertir
» de ne pas aller à Jérusalem, ce séjour
» de la fureur & de la profanation.
» Ses habitans sacriléges ont résolu de
» lui donner la mort!...

» Il nous a ordonné, répondit Jean,
» de venir ici préparer la pâque, &
» faire tuer l'agneau de l'alliance. Il
» arrivera bientôt de Béthanie; tu peux
» attendre ici son retour, & lui dire
» tout ce que ton cœur maternel t'inspire pour lui. »

Tous alors garderent le silence: la sœur du Lazare se pencha doucement sur sa chere Cydélie, dont Sémida s'approcha, mais sans oser lui parler, & tenant les yeux baissés en terre. Cydélie connoissoit la douleur qui, depuis long-tems, déchiroit le cœur de Sémida: elle jetta à la derobée un regard timide sur lui, & lut dans ses yeux tout ce que souffroit son ame.

Elle fut sensible à ce courage héroïque, qui rend la vertu gémissante, si respectable ; son cœur en fut pénétré : elle ne put s'empêcher de faire intérieurement ces réflexions :

» Estimable jeune homme ! ... Hélas ! c'est pour moi qu'il passe ses » jours dans la tristesse & l'amertume ! » Suis-je digne que tu me cherisses d'un » amour aussi céleste ? Cydélie en est-» elle digne ? Je brûle depuis long-» tems d'unir mon sort au tien, & » de puiser dans ton sein la vertu & » la félicité ! de t'aimer avec cette » ardeur dont les filles de Jérusalem » aimoient du tems de nos peres ; de » me former dans tes chastes embrasse-» mens, comme les roses des vallons » que font épanouir les premiers » rayons du soleil, & de te consacrer » tous les instans de ma vie ! Ah ! ma » mere, pourquoi as-tu prononcé » l'ordre terrible, qui me sépare de » Sémida ? ... Cependant je me tais, » & j'obéis avec respect à la sagesse » d'une tendre mere, & à la voix de » Dieu qui parle par sa bouche. » C'est à lui que je suis consacrée. Il » m'a ressuscitée, & j'appartiens trop

» peu à la terre, pour lui donner des
» fils. Puiſſes-tu, vertueux Sémida,
» parvenir à étouffer tes tendres plain-
» tes, & à modérer ton affliction!
» Que j'aie encore une fois dans ma
» vie la conſolation de voir renaître
» ſur ton viſage le doux ſourire qui
» l'animoit, lorſque tu ne connoiſſois
» encore d'autres larmes que celles de
» la joie, lorſque tu étois encore en-
» fant, & que je m'échappois des
» bras careſſans de ta mere, pour voler
» dans les tiens. »

Ces penſées lui déchiroient le cœur; elle ne put arrêter ſes larmes; & Sémida les vit couler, quoiqu'elle ſe fût hâtée d'abaiſſer ſon voile. Hors de lui, il s'échappe de la compagnie, ſans rien dire à perſonne, & va dans la ſolitude exhaler ces triſtes plaintes:

» Pourquoi pleure-t-elle? ... Je n'au-
» rois pu voir couler ſes larmes plus long-
» tems, ſans expirer de douleur! Trop
» précieuſes larmes, que j'ai vues ſe raſ-
» ſembler furtivement dans ſes yeux!...
» Ah! ſi une ſeule avoit coulé pour
» moi, elle ſuffiroit, pour rétablir le re-
» pos de mon ame. Son idée me ſuit
» partout, & tous les inſtans de ma dé-

» plorable vie ne sont remplis que par » elle... O toi! souffle émanné de Dieu, » moteur immortel de ce corps périssa- » ble, image du Créateur, ame su- » blime destinée à l'héritage de la béa- » titude; ou si les immortels t'ont ap- » pellée d'un autre nom, au moment de » ta naissance, je t'interroge; instruis- » moi, developpe-moi l'obscurité de » ma destinée, dissipe la nuit qui m'en- » vironne, parle, réponds-moi!.. Je » suis las de verser des pleurs, d'être en » proie à la douleur, & de passer ma » vie dans les gémissemens!... Lors- » que je la vois, elle qui peut-être à » présent n'a plus rien de mortel; sem- » blable à un vaisseau rempli d'une li- » queur bouillonante qui s'éleve & fuit » sur ses bords, mon cœur est surchargé » de sentimens impétueux, qu'il ne » peut contenir? Pourquoi, lorsqu'elle » est absente, ne suis-je occupé que » d'elle, & ne respiré-je qu'après elle? » Pourquoi le moindre son qui s'é- » chappe des lévres de Cydélie, pour- » quoi le moindre regard de ses yeux » réveillent-ils en moi, avec tant de vio- » lence, des sentimens qui font pal- » piter mon cœur; sentimens aussi

» purs que ceux de l'innocence même, » aussi nobles que ceux de la sagesse! » Lorsque l'idée de n'être pas aimé » d'elle vient se présenter à mon esprit, » pourquoi me trouvé-je comme ense- » veli dans le sommeil de la mort? Ma » situation alors est semblable à celle que » j'éprouverois, si j'étois de nouveau » assis sur les bords du tombeau dont ja- » dis j'ai été si près. Alors je pousse des » cris lamentables, qui retentissent dans » la vaste solitude de la mort. Souvent je » m'arme contre moi-même, & je m'ef- » force de combattre mon affliction; » mon ame rassemble toutes ses for- » ces; elle se rappelle toute sa gran- » deur & son excellence: je tâche de » lui inspirer de la fermeté, par le sen- » timent de son immortalité; mais elle » reste stupide & inaccessible à tout ce » qui pourroit la tirer de son état dou- » loureux: elle jette un regard sur les » plaies dont elle est couverte; elle » pleure & frémit. Suis-je donc destiné » au cruel tourment d'aimer éternelle- » ment sans espoir? Jusqu'aux vertus de » mon cœur, jusqu'à sa constance & sa » fidélité, contribuent à mon supplice. » Quel est donc cet instinct qui, à me-

» sure que je m'efforce d'effacer Cydélie » de mon cœur, l'y grave encore plus » profondément? Quelle est cette ins» piration, cette voix si douce & si sé» duisante, ce charme des ames sensi» bles, qui me dit de l'aimer éternelle» ment? Eh bien! Cydélie, quel que » puisse être mon destin, & malgré ton » silence, je t'aimerai jusqu'au tom» beau!... Helas! lorsque mon cœur » timide osoit se flatter, en tremblant, » que tu étois créée pour lui, de quel » calme je jouissois! Quelle félicité ré» pandoit dans mon ame l'illusion ché» rie que tu pourrois m'aimer un jour? » Tout ce qui m'environnoit, s'embel» lissoit à mes yeux : je respirois l'y» vresse du bonheur! O douce erreur! » es-tu dissipée pour jamais?... Cydé» lie, ma chere Cydélie, hélas! quand » je te regardois comme destinée pour » moi, mon ame ardente ne bornoit » pas ta possession à la durée de cette » courte vie; elle l'étendoit jusqu'à l'é» ternité. Mon amour pour toi me ser» voit de guide dans le chemin de la » vertu. C'est lui qui m'en découvroit, » qui m'en faisoit sentir tous les attraits » qui avant m'étoient inconnus. Mon

» cœur docile écoutoit avec une atten-
» tion, une crainte respectueuse la voix
» de mes devoirs; tout me les retra-
» çoit, tout m'invitoit à les remplir.
» Semblable à un enfant à qui la nature
» a donné une ame innocente & flexi-
» ble, j'obéissois à cette voix facile,
» dont l'empire avoit tant de charmes
» pour moi : je craignois jusqu'à l'om-
» bre de la faute la plus legere ; je crai-
» gnois de n'être jamais assez digne de
» te posséder, toi qui m'étois mille
» fois plus précieuse que tous les biens
» de l'univers : je te regardois comme
» un don sacré que l'Eternel me desti-
» noit. Avec quel transport je le remer-
» ciois de ce bienfait ! Mon ame em-
» brasée à la vue de tes charmes & de
» tes vertus, s'élevoit sur des aîles de
» feu, jusqu'au sein de ce Dieu bienfai-
» sant, qui t'a formée si belle, qui m'a
» donné un cœur si sensible, & qui t'en
» a donné un si céleste. Quand je me di-
» sois que tu serois un jour à moi,
» mon ame s'étendoit avec volupté sur
» cette pensée qui se perdoit jusque dans
» l'éternité. Remplie de cette douce il-
» lusion, elle s'y arrêtoit avec complai-
» sance ; elle y trouvoit tout ce qui a

» rapport à son existence; elle éprouvoit » toutes les joies que le Ciel prodigue » rarement parmi les délices dont il » inonde quelquefois le cœur de l'hom- » me. Tel étoit le ravissement que la » nature versoit dans le cœur de ta » mere, lorsque penchée sur toi, elle te » sourioit au moment de ta naissance. » Mais semblable à cette mere infortu- » née, lorsque collant ses levres ina- » nimées sur les tiennes, elle voyoit le » sommeil de la mort te glacer entre ses » bras, mon ame ne connoît plus de » bornes à sa douleur, quand elle se li- » vre à la funeste pensée que tu ne vis » pas pour elle. Je crois alors errer dans » les ténébres des déserts; je ne suis » plus qu'un être isolé sur la terre; je » me trouve seul dans la nature. Je t'en » conjure par tout ce qu'il y a de cher » & de sacré; je t'en conjure au nom » de l'amour, & par l'innocence & la » beauté de ton ame; & s'il y a quel- » que chose de plus auguste & de plus » saint, je t'en conjure par ton réveil » de la mort, par cette vie immortelle » dont tu jouiras avec les habitans des » cieux, par les récompenses dont la » vertu est couronnée; dis-moi, ma

» chere Cydélie, si ton cœur est sensi-
» ble pour moi, s'il connoît ce qu'é-
» prouve le mien?

» Pensée sublime! pensée pleine de
» douceur & d'effroi, qui remet Cydé-
» lie sous mes yeux sortant de la nuit
» du tombeau, & qui me rappelle que,
» comme elle, j'ai été arraché des bras
» de la mort!... que.... peut-être
» nous ne mourrons plus .... que
» peut-être Cydélie & moi.... une vie
» plus digne .... une meilleure vie....
» songes trompeurs, desirs témérai-
» res évanouissez-vous .... jusqu'où
» vos dangereuses séductions ne pour-
» roient-elles pas m'égarer? A quel ex-
» cès ne porteroient-elles pas mon
» amour pour Cydélie?... Mais peut-
» on trop aimer Cydélie? peut-on trop
» aimer celle avec qui on souhaite de
» passer une meilleure vie que celle qui
» nous attache à la terre? avec qui je
» ne desire d'être uni, que pour m'ex-
» citer avec elle à chérir plus ardem-
» ment encore son Créateur & le
» mien?... Cependant celui qui nous
» a tiré des portes du trépas, le Fils de
» l'Eternel, est peut-être en ce moment
» en danger de perir!... Non je ne

» veux pas, je ne peux pas croire que » celui qui m'a ravi à la mort, puisse » en devenir la victime..... La fureur » de ses ennemis ne peut rien contre » lui.....Si cependant, ô mon divin » Sauveur! dans le tems où tu es en- » vironné de périls, j'ai eu la foiblesse » de m'abandonner à la douleur qui » me consume, daigne l'oublier, dai- » gne me le pardonner. Sors de ton » accablement, malheureux Sémida; » rends-toi maitre d'un sentiment qui » n'a que toi-même pour objet, & qui » détruit ton repos que le tems ra- » menera peut-être : fixe toutes tes pen- » sées sur la destinée que l'Eternel pré- » pare à ton auguste Bienfaiteur. »

Tout entier à cette idée, Sémida ole vers ce rocher tranquille & soli- aire, dans lequel son tombeau avoit té creusé, il y avoit peu de tems.

La Mere de Jesus, ne pouvant plus ésister à son inquiétude, se leva pré- ipitamment, & dit à Jean : « Il ne vient pas; je vole à sa rencontre. Si ses fa- rouches persécuteurs ne l'ont pas en- core précipité dans les tombeaux où ils ont déja précipité tant de prophe- tes; s'il vit encore, ce Fils, ce Fils si

» cher ; si le Ciel me juge digne de la
» voir encore une fois;s'il daigne encore
» laisser tomber une fois sur moi un re-
» gard de tendresse & de bonté... alors
» j'oserai aller.... Magdeleine a bien
» osé se jetter à ses pieds ; elle a trouvé
» grace devant lui, elle qui n'étoit pas
» sa mere..... Oui j'oserai m'y préci-
» piter aussi; je les arroserai de mes lar-
» mes, je les presserai contre mon sein;
» & quand mes yeux fatigués ne pour-
» ront plus pleurer, je les fixerai sur les
» siens. Il y verra briller toute la sollici-
» tude & la tendresse d'une mere, & je
» lui dirai : Par ces larmes précieuses, ces
» premieres larmes de ta miséricorde,
» que tu répandis en naissant ; par ce
» ravissement, par ce sentiment de fé-
» licité céleste dont mon cœur fut
» inondé, lorsque les immortels célé-
» brerent ta naissance par des chants
» d'allégresse ; si jamais je te fus chere;
» si tu te rappelles cette piété filiale avec
» laquelle tu me consolas, lorsqu'après
» tant de recherches & d'inquiétudes
» je te trouvai dans le temple au milieu
» des docteurs que tu étonnois par ta
» sagesse ; par cette bonté divine ; par
» cette humanité qui te rend le bien-

» faiteur de tous ceux qui t'appro» chent; par tous les malheureux que » tu as rendus à la vie . . . . ayes compas» sion de moi, vis! » Elle dit, & partit avec la rapidité d'une pensée ardente & sublime, qui s'envole au ciel vers celui qui en est l'objet.

Le Fils éternel apperçut sa Mere qui accouroit de son côté; mais il ne la considéroit plus alors avec les yeux d'un mortel : il ne la vit, dans ce moment, que comme tous les insectes qui naissent & meurent sur la poussiere qu'ils habitent. « J'aurai, dit-il en lui-même, » compassion de ton état douloureux, » lorsque je serai ressuscité; alors je veil» lerai sur toi avec une sollicitude sem» blable à celle d'une mere pour son » fils unique. » Il dit, & se détourna du chemin que suivoit Marie. La nuit étendoit ses sombres voiles; un calme profond régnoit autour de lui; & les anges dont il étoit accompagné, le suivoient en silence, sous une forme invisible : il se rendit à pas lents à la colline de Golgotha. Dans un lieu isolé auprès de la colline, étoit un tombeau taillé dans un rocher suspendu. Le sage Joseph d'Arimathie l'avoit fait construire pour lui servir de demeure après sa mort : il ne sçavoit pas pour qui il l'avoit construit en effet ; quel temple il avoit construit, & quel Mort devoit habiter ce temple ! L'Homme-Dieu s'avança devant ce tombeau, le contempla un moment, & jetta sur toute l'étendue de la montagne un regard qui annonçoit la profondeur des pensées divines qui l'occupoient alors.

» La nuit, dit-il en lui-même, étend » ses voiles, & répand le sommeil sur » la nature fatiguée ; elle se repose sur » Gethsemane : elle cache sous son » ombre la montagne de Golgotha, » cette montagne couverte des osse- » mens de tant de pécheurs ; mais bien- » tôt un jour nouveau viendra l'éclai- » rer de ses rayons brillans. Tu vas de- » venir, ô Golgotha ! un sanctuaire à » jamais respecté. Bientôt une victime » volontaire sera immolée sur ton som- » met ; son sang est prêt à couler.... » Je te bénis, ô mort que je vais su- » bir pour le salut du genre humain ! » je vais mourir sous les yeux de mon » Pere : il me contemplera du haut de » son thrône où j'étois assis avec lui ; » les séraphins me verront : plusieurs

» de ceux pour qui je meurs, me verront aussi. Je te salue, ô mort! par laquelle j'assure aux hommes l'héritage de la vie éternelle. Créateur des hommes, & tout-à-la fois leur Sauveur, j'ai consenti à devenir leur frere; j'ai quitté la droite de mon Pere, & toute la gloire dont j'étois revêtu, pour venir, ô Golgotha! verser mon sang & donner ma vie sur tes hauteurs... »

En achevant ces mots, il se tourna du côté du tombeau, & dit: « Bientôt je dormirai sous tes voûtes humides; bientôt j'y dormirai d'un sommeil plus paisible que celui dont Adam tâchoit de se former l'idée, lorsque la grande énigme de la mort lui fut développée, lorsque les ministres du Tout-puissant vinrent, dans une triste soirée lui annoncer qu'il mourroit, qu'il resteroit endormi pendant plusieurs siécles, que ses descendans fouleroient aux pieds sa cendre, qu'il n'entendroit plus leur voix. Ils sont morts aussi ses déplorables descendans; & les leurs à leur tour, ont marché sur leurs ossemens: toutes les joies dont on jouit dans l'éternité, sont-elles comparables à celle

» que je goûte dans ce moment? Tous
» les enfans des hommes s'éveilleront
» du sein de la mort, & ressusciteront
» tous pour une vie qui n'aura point
» de terme, parce que mon corps
» aura été endormi, pendant quelques
» jours, dans ce petit espace de terre.
» Alors les inquiétudes & les larmes de
» cette malheureuse argille qui pense
» & qui doute, finiront : alors l'effroi
» de la mort, les horreurs du tombeau
» ne glaceront plus les habitans de la
» terre renouvellée; ils souriront à l'ap-
» proche du trépas. Cette pensée ré-
» pand dans mon ame un ravissement
» que l'ame humaine ne peut exprimer
» ni sentir. Il me semble les voir sortir
» de leurs tombeaux tout rayonnans
» de gloire. Plusieurs, à l'imitation du
» Fils de l'Homme, sont couverts de
» cicatrices honorables : ils marchent
» en chantant des hymnes à l'honneur
» de leur Sauvéur; ils l'appellent leur
» Fils, ils l'appellent leur Pere : ils cou-
» vrent la terre de leurs légions nom-
» breuses; ils sont tous à moi : la loi
» ancienne est passée; j'ai tout renou-
» vellé, tout reproduit; j'ai rétabli la
» primitive innocence de la création!..

» Mais il faut auparavant, que la mon-
» tagne de Golgotha soit arrosée de
» mon sang : il faut que mon corps
» soit enfermé dans ce tombeau! »

Telles étoient les réflexions qui occupoient le Sauveur. Il prit le chemin de Jérusalem où il trouva Judas qui se tenoit dans l'obscurité, sous les murs de la ville. Dès qu'il apperçut le Messie, il se mêla, sans rien dire, parmi la troupe des saints : le caractere de l'innocence & de la candeur brilloit sur son front imposteur ; mais son cœur n'en étoit pas moins agité. Ituriel qui devançoit le perfide, s'approcha de Jesus, & lui dit à voix basse, en marchant à ses côtés : « Toi, dont l'œil pénêtre tout,
» tu connois déja le forfait du lâche
» Iscariot. Tu sçais déja qu'il t'a tra-
» hi! lui que l'exemple de ta vie
» avoit instruit, qui a été témoin de
» tous les prodiges que tu as opérés,
» à qui tu as dévoilé tous les secrets
» de cet univers, que tu avois choisi
» pour un de tes disciples .... il t'a
» trahi!... ç'en est fait, j'abandonne
» à jamais ce pervers ; & loin de lui
» servir, dans la suite, d'ange tutelaire,
» je veux devenir son accusateur au

» grand jour du jugement. Voilà, » m'écrierai-je avec une voix de ton» nerre, voilà le monstre, voilà le sa» crilége qui a livré aux bourreaux le » Fils de l'Eternel! Qu'il soit jugé, » qu'il soit rejetté de la face du Fils de » l'Homme, qu'il soit condamné à errer » pendant toute l'éternité dans les abys» mes de la mort! »

Ituriel, lisant dans les yeux du Messie, qu'il pouvoit se livrer à toute son indignation contre Judas, ajoûta:

» Hélas! j'avois conçu d'autres espé» rances de ce disciple qui t'étoit cher! » Je me flattois qu'un jour il rendroit » témoignage à la vérité au prix de » tout son sang; qu'il seroit compté » au nombre glorieux des martyrs; » qu'il auroit sa part aux palmes, aux » couronnes que nous dispensons à » ces célestes héros! Je goûtois d'a» vance la satisfaction de conduire en » triomphe son ame généreuse devant » le thrône de l'Eternel; de le placer » moi-même sur ce siége brillant, élevé » entre les siéges d'or des douze élus » du Rédempteur! Mes espérances sont » détruites; elles se sont évanouies » comme les charmes passagers du prin-

» tems, comme le souffle de la vie » d'un jeune homme que la mort en» leve avant la maturité de ses ans.... » Qu'ordonnes-tu, divin Messie? Parle: » retournerai-je dans les cieux, ou me » permettras-tu d'être le témoin de ta » mort? »

Jesus jetta un regard triste sur le séraphin, & lui dit: « Simon Pierre a » besoin de secours: l'esprit de téné» bres le poursuit & cherche à le » tenter. Sers-lui d'ange gardien. Jean » en a deux qui veillent sur lui; que » Pierre en ait deux aussi. Un jour sa » mort sera semblable à la mienne. »

Le séraphin eut à peine entendu ces mots, que, transporté de joie, il vola dans les bras d'Orion, à la garde de qui l'heureux Pierre avoit été confié. Cependant le Messie se hâta d'aller faire avec ses disciples le dernier repas solemnel. Il traversa la ville, sans daigner jetter un coup d'œil sur ces palais superbes qui renferment dans leur enceinte tant de fastueux criminels. Il leur préféra la demeure obscure & paisible d'un homme ignoré, mais vertueux. Ils s'assirent tous en silence autour de la table sur laquelle on avoit servi l'agneau de l'alliance. Jean se plaça à côté du Sauveur, qui, d'un air tranquille & satisfait, parcourut l'assemblée de ses regards. La sérénité de l'ame & cette douce mélancolie qui naît du sentiment de la bienfaisance & de la béatitude intérieure, se peignoient dans ses yeux divins. Tel parut Joseph au milieu de ses freres, lorsque revenu de son premier ravissement, après avoir donné un libre cours aux larmes de sa joie, il apprit que son pere vivoit encore.

Raconte-moi, Muse de Sion, quels furent les adieux du Messie à ses disciples chéris; raconte-moi les discours de l'Ami des hommes dans ces momens douloureux. Dis-moi comment le disciple qui avoit, ainsi que Jacques, été nommé le Fils du tonnerre, & qui depuis fut témoin de l'apparition miraculeuse dans l'isle déserte de Patmos, exprima la tendresse dont son ame étoit remplie pour son Maître divin? Puissent mes chants couler avec la même onction! Puissent-ils respirer le même sentiment & la même simplicité!

Jesus, après avoir regardé tous les convives avec un visage riant, leur dit

ces mots : « Avant d'être livré aux
» tourmens qui m'attendent, j'ai de-
» siré dans mon cœur de faire encore
» ce repas avec vous. Les prophéties
» dont j'étois l'objet, vont bientôt
» s'accomplir; mais vous ne pouvez
» encore comprendre, dans toute son
» étendue, le sens de celle de cet heu-
» reux prophete qui fut jugé digne de
» contempler la Divinité. Il ne jouit
» pas seulement de l'aspect de la Di-
» vinité; mais elle dessilla ses yeux sur
» l'avenir, & lui fit voir, dans la suite
» des tems, un homme semblable à
» vous, sur lequel, inspiré par l'Esprit
» saint, il s'explique en ces termes:
» La beauté de l'homme est flétrie;
» l'image de la Divinité ne brille plus
» sur son front; les jours du repos &
» du bonheur se sont évanouis! Tous
» les crimes des pécheurs se sont ras-
» semblés sur sa tête! Les hommes res-
» tent muets à la vue des calamités
» qu'il éprouve, & détournent de lui
» leurs regards! Il s'est chargé volon-
» tairement de toutes nos miseres.
» Aveugles que nous sommes, nous
» pensions qu'il portoit la peine de ses
» propres fautes, & que le bras ven-

» geur s'étoit appesanti sur lui ; mais
» son corps n'est couvert de blessures
» qu'à cause de nous. C'est nous qui
» sommes les véritables criminels, &
» c'est pour nous qu'il s'est offert à la
» mort; c'est pour nous qu'il s'est livré
» à la douleur & à l'ignominie ; c'est
» pour faire descendre sur nous la paix,
» & afin que le salut nous couvre
» de ses aîles ! Egarés & perdus dans
» les sentiers de l'erreur, nous étions
» assez insensés pour nous croire dans
» ceux de la sagesse. Le Juge suprême
» a jetté nos iniquités sur cette Victime
» innocente. Il se rend notre Récon-
» ciliateur ; il subit son jugement, sans
» murmurer ; il va au-devant de la
» mort, comme un agneau qu'on con-
» duit à l'autel... Mais le voilà sorti
» du jugement... qui peut compter le
» nombre des réconciliés, le nombre
» des saints justifiés par lui ? Le sa-
» crifice qu'il a fait de sa vie pour
» les pécheurs, va leur procurer une
» nouvelle vie, une vie éternelle.»

Le Rédempteur ayant ainsi parlé, leva les yeux vers le ciel, resta quelque tems en silence, & reprenant la parole, il dit ; « C'est aujourd'hui le

»dernier repas du soir, que nous se»rons ensemble. Je ne boirai plus qu'au»jourd'hui du jus agréable de la vi»gne avec mes amis : je ne mangerai »plus avec eux des agneaux qui pais»sent dans les vallées ; mais vous me »reverrez dans le séjour de la paix, »où sont plusieurs demeures : vous y »reverrez votre Messie, & vous célé»brerez avec lui, & les peres de l'al»liance, de nouvelles fêtes qu'aucune »séparation ne troublera plus. »

Jesus se tut, & tous les disciples garderent le silence. C'est ainsi que le peuple saint, rassemblé sur la montagne de Moria, gardoit un silence profond, lorsque Salomon, le plus sage des descendans d'Abraham, déposa sa couronne aux pieds de l'autel : dès qu'il eut fini les prieres de la consécration, le temple tout-à-coup fut rempli des nuages palpables qui couvroient la Majesté divine ; les prêtres ne virent plus ; les sacrifices & les cantiques cesserent.

Lebbée se tournant vers Iscariot, lui dit à voix basse : « Je n'en puis donc »plus douter ; le Fils de l'homme

» mourra ! O mort ! asyle des malheu-» reux, terme desiré des peines & des » miseres de la vie, ayes pitié de moi, » & vole à mon secours ! Puisque le » meilleur, le plus digne de tous les » mortels est conduit à l'autel comme » une victime, accours & précipite-» moi dans le tombeau, mon unique » espérance ! ... » Il prononça ces derniers mots d'une voix plus élevée & entre-coupée de sanglots. Le Messie jetta les yeux sur lui : il apperçut Iscariot ; cette vue l'affligea : il détourna aussi-tôt ses regards, les promena avec douceur sur l'assemblée, & dit :

» Je ne vous le cacherai pas plus » long-tems ; oui, parmi mes disciples » bien-aimés, il en est un qui me trahira ! »

Ces mots les saisirent tous d'étonnement, & tous s'écrierent : « Sei-» gneur, sera-ce moi ? ... Oui, un de » vous, répondit le Messie, un de vous » qui faites à présent avec moi le repas » de l'alliance. A la vérité, continua-» t-il en prenant l'air & la gravité d'un » juge, à la vérité, le Fils de l'homme » poursuit ici-bas sa route divine, » comme les prophetes l'ont annon-

» cée ; mais malheur à celui qui le tra- » hit ! Il vaudroit mieux pour lui qu'il » ne fût jamais né ! »

Jesus conserva son air sérieux. Judas lui demanda une seconde fois : « Qui » est-ce qui te trahira? sera-ce Judas?... » C'est toi qui l'as nommé, » lui répondit le Sauveur, en baissant la voix, pour n'être entendu que de lui.

La sérénité reparut bientôt sur le front du Médiateur, & il ne fut plus occupé que de la pensée si satisfaisante pour son cœur du salut qu'il alloit procurer aux hommes. Il ne restoit avec ses disciples, que pour consacrer devant eux la mémoire de sa mort. Il prononça alors les paroles augustes & solemnelles, que tant de prêtres sacriléges, & tant d'églises impies profanent audacieusement, lorsque dans leurs chants ils appellent à haute voix sur eux le jugement & la mort éternelle. Il ne connoît pas ces pécheurs endurcis ; ce n'est pas pour eux que son sang fut versé sur la croix !

Il présenta à tous les disciples le pain & le calice qu'il avoit consacrés ; ils vinrent tous en silence les recevoir humblement de sa main. Comme Jean s'approchoit, il jetta les yeux sur le calice; cet objet le pénétra de douleur: il se précipita aux pieds du Sauveur, les baisa en les arrosant de ses larmes, & les essuya avec ses cheveux.

» Fais-moi paroître à lui dans toute ma » magnificence, dit Jesus, en élevant ses » regards vers son Pere. » Jean découvrit à l'instant dans le fond de la salle une assemblée lumineuse d'esprits célestes: il vit Gabriel dans toute sa splendeur, & Raphaël dans tout son éclat radieux; il en fut ébloui. Il vit aussi Salem brillant d'une lumiere plus douce, & dont l'œil humain pouvoit supporter la vue. Salem, les bras ouverts, regardoit Jean avec le sourire de la tendre amitié, & Jean se sentit entraîné par un attrait invincible à chérir l'aimable Salem. Il se retourna du côté du Messie, & vit étinceller dans ses yeux tous les traits de la Majesté divine: il resta immobile de surprise & d'admiration, & se laissa tomber sur le sein du Sauveur. Gabriel fendit les airs, & plein d'un transport ardent, il vint à Jesus, & lui dit: » O Homme-Dieu! ô Rédempteur! » permets que je t'embrasse aussi » comme cet heureux disciple dont

» tu me fais envier le sort. Tu me ser- » viras, lui dit le Messie, auprès du thrône de ma gloire, & tu prendras ta place sur le siége brillant, où Eloa a été assis auprès du Saint des Saints de Dieu. »

Gabriel adora. Judas se présenta le dernier, & se jetta, comme avoit fait ean, aux pieds de Jesus.

» Leve-toi, » lui dit l'Homme-Dieu, ' en même tems, il lui donna le ca- ice. Judas le reçut tranquillement. Le lessie, qui le regardoit en face, en fut 'mu, & il dit à haute voix :

» Je connois tous ceux que je me » suis choisis ; mais un d'entr'eux me trahira. Je vous le dis maintenant, » afin que, quand la chose arrivera, » vous croyiez, & que vous sçachiez » comme je récompense celui qui me reste fidele. Celui qui reçoit celui que j'envoie, me reçoit moi-même; » & celui qui me reçoit ainsi, reçoit aussi celui qui m'a envoyé. Aucun traître ne participera à cette gloire ; » je vous le dis encore une fois : Un de vous trahira certainement le Fils de l'homme. »

Les disciples se regardoient tous

avec inquiétude. Pierre fit signe à Jean qui, s'inclinant aussi-tôt vers le Messie, lui dit : « Seigneur, qui est donc celui » qui te trahira?... Celui, répondit Jesus, pour qui je trempe ce pain, & » à qui je vais le donner avec un amour » fraternel, Jean, c'est celui-là qui » me trahira. »

En achevant ces mots, il présenta avec bonté à Judas le pain qu'il tenoit : Jean en frémit; mais par humanité, il réprima son indignation, pour ne pas déceler le traître qui étoit à côté de lui.

Judas sortit brusquement. Il étoit nuit : il marchoit en tremblant parmi les ténébres, en se disant à lui-même :

» Il le sçait donc enfin!... & dans » ce moment, sans doute, son disciple » chéri, ce courtisan si circonspect en» vers ceux qui sont présens, va pro» fiter de mon absence, pour révéler » à tout le monde le secret que son » Maître lui a confié. Ils vont tous le » sçavoir. Eh bien! qu'ils le sçachent! » Ces hommes si superbes seront bien» tôt obligés de prendre la fuite, & » de renoncer à l'espoir d'être élevés » au rang des rois. Jean renoncera

» peut-être à l'orgueil que lui inspire » la faveur de son Maître ; & Pierre ou» bliera son audace, quand il se verra » dans les fers..... Mais avec quelle » hauteur, avec quelle dureté le Mes» sie lui-même m'a-t-il parlé ?... Judas » leve-toi !... Ah ! ce n'est pas ainsi » qu'il parle à Jean son favori !... Il a » déja pour lui tous les égards qu'il » auroit pour un roi !... Je veux les » voir tous couverts de chaînes !... » Mais si le Messie couroit risque de » mourir ?... Lui mourir ? lui qui a » ressuscité des morts, il mourroit ?... » Hélas ! peut-être ce qui me révolte » si fort de sa part, ne me l'a-t-il dit » d'un ton si imposant, que pour m'a» vertir, pour amollir mon cœur ?... » Fuis loin de moi, foiblesse impor» tune..... S'il meurt, sa mort sera la » preuve, qu'il n'a échappé jusqu'à pré» sent aux piéges de ses ennemis, que » par l'effet de sa prudence ou du ha» zard ; elle sera la preuve qu'il n'est » qu'un imposteur, & qu'il n'est pas » véritablement l'envoyé de Dieu. Nos » prêtres sont tous des hommes ins» truits par l'expérience, & dirigés par » la sagesse : ils sont les ministres du

» Dieu des dieux ; ils ont toujours haï
» Jesus ; ils respectent & veulent main-
» tenir les loix de Moyse ; ils m'ont
» rendu dépositaire de leurs intérêts...
» mais ils n'iront pas jusqu'à vouloir
» sa mort.... Je ne veux que le voir
» chargé de liens, & entendre alors
» quels seront ses discours. Peut-être
» oubliera-t-il un moment le sublime
» mérite de ses disciples favoris, & dai-
» gnera-t-il m'honorer à mon tour
» d'un regard, après m'avoir tant mé-
» prisé.... Mais hâtons-nous ; les chefs
» de Jerusalem m'attendent. »

Plein de ces noires pensées, Judas se rendit en diligence au palais du grand prêtre. Cependant Jesus qui voyoit approcher le moment de la réconciliation, l'esprit rempli des lumieres de l'éternité, tint à ses élus ce discours où respiroit toute la grandeur & la majesté divine.

» A présent le Fils de l'homme est
» glorifié ; & quoiqu'il soit véritable-
» ment homme, Dieu cependant est
» aussi glorifié par lui, puisque c'est par
» lui que le plus grand secret des cieux,
» & que la Divinité même se trouvent
» développés aux hommes. Le Pere
» aussi

» aussi le glorifiera par une miséricorde sans fin, & bientôt il le fera briller dans tout son éclat aux yeux des nations !... Bannissez votre tristesse : pourquoi versez vous des larmes ? Oui, il est vrai que je vous quitterai, mes chers amis : vous me chercherez, & vous ne me trouverez plus. Vous ne pouvez pas suivre la même route que j'ai à parcourir ; mais sechez vos pleurs ; vous me reverrez. Je vous donne aujourd'hui un commandement plus sublime & plus noble que tous ceux qui vous ont été transmis par la tradition : Aimez-vous, aimez-vous les uns les autres, comme votre Messie vous a aimés, & que votre union apprenne à la terre, que vous êtes à moi, que vous êtes mes enfans. »

Simon Pierre se leva, s'approcha de Jesus, & lui dit : « Maître, où allez vous ?... Tu ne peux me suivre à présent, répondit le Sauveur ; mais tu me suivras un jour, & tu marcheras dans le même chemin où je marche.... Pourquoi, repliqua Pierre avec ardeur, pourquoi ne te suivrois-je pas maintenant ? Je suis prêt à

» donner ma vie pour la tienne!... Tu
» veux donner ta vie, lui dit Jesus!
» Je te le répete encore : Avant que
» le jour paroisse, tu me renieras trois
» fois. »

Jesus s'étoit levé; il se mit à genoux pour prier, & tous ses disciples se rangerent autour de lui : « Êtes-vous tous » présens, leur demanda tristement le » Sauveur? ... Nous voici, répondi» rent-ils.... Il y a une voix que je n'en» tends plus. Êtes-vous tous présens?... » Judas Iscariot manque, » répondit Lebbée en tremblant, & se prosterna contre terre. L'Homme-Dieu éleva sa face vers le ciel, & fit cette priere à haute voix : « L'heure est venue, ô » mon Pere! de montrer ton premier» né dans toute sa beauté. Montre-le » maintenant, afin que tu sois glorifié » par lui! Tu as mis tous les hommes » sous sa puissance, pour qu'il les éveille » du sommeil de la mort, & qu'il leur » donne la vie éternelle. La vie éter» nelle, ô mon Pere! est de te connoître, » toi qui es éternel, & de connoître ton » Fils que tu as envoyé. Je vois déja en » esprit l'accomplissement des décrets » divins; je les ai exécutés dans toute leur plénitude. Des couronnes m'attendent à ta droite ; tu me rendras bientôt toute la Majesté qui étoit en moi, avant la création de l'univers. J'ai annoncé ton nom redoutable à ceux qui ont été choisis entre les pécheurs ; tu me les as donnés. Ils ont observé fidélement la sagesse dans laquelle je les ai instruits, & je leur dois ce témoignage. Ils sçavent que tout ce que j'ai, vient de toi ; car je leur ai appris tout ce que tu m'as appris toi-même, & leur coeur a reçu profondément cette vérité, que je suis envoyé du Pere. Je te prie pour eux ; ils sont à toi comme à moi, puisque nous sommes réunis dans la possession de toutes les béatitudes ! Je te prie pour eux ; car par eux je serai aussi glorifié. Je quitte la terre, je retourne vers le throne du ciel, vers toi, ô mon Pere ! Mais je les laisse ici-bas où ils verront encore longtems les iniquités des pécheurs, & éprouveront les mêmes miseres ! Mais qu'ils restent fideles aux lumieres qu'ils ont aquises sur la réconciliation & le réconcilié, qu'ils soient unis

» comme nous le sommes, qu'ils soient
» entr'eux comme des freres. Je les ai
» formés moi-même. Tant que j'ai été
» un homme semblable à eux, j'ai
» veillé sur leur ame immortelle : les
» voilà ; je n'en ai perdu aucun.
» seul Judas, ce fils de réprobation
» m'a quitté, & sa désertion con
» les oracles des prophetes. A prés
» je vais vers toi ! Je dis ces ch
» pendant que je suis encore sur
» terre avec eux, afin qu'ils conno
» sent toute ma grandeur, qu'ils
» pensent, & qu'ils s'en réjouisse
» comme je m'en réjouis ! Ils ont
» tendu les paroles de la vie ; le
» cheur les a rejettées, comme il m'
» rejetté moi-même. Je ne te deman
» pas de les enlever de la terre ;
» tege-les y contre leur persécuteur
» le pere du mensonge & de la
» dition ; ils ne sont pas du no
» des pécheurs ; ils marchent dans
» sentiers de l'innocence, comme j
» ai toujours marché. Tes réco
» n'ont rien de commun avec
» monde ; sanctifie-les dans ta vérité
» Je les envoie dans le monde, co

tu m'y as envoyé. Je donne ma vie pour eux, afin qu'ils soient purs, qu'ils soient saints à tes yeux. Je ne te prie pas seulement pour mes disciples, ô mon Pere! Les enfans de la nouvelle création seront un jour enfantés en moi, par ta parole, comme la rosée est enfantée par le matin. Je te prie aussi pour eux tous; qu'ils ne fassent qu'un peuple de freres, & que tout le globe de la terre connoisse que c'est toi qui m'as envoyé. J'ai donné la vie éternelle, j'ai apposé le sceau de ma gloire à ceux que tu m'as confiés, afin qu'ils soient unis dans le même esprit, & dans la même fin d'annoncer à tous les pécheurs, que Jesus a été envoyé du ciel. Que tous les enfans de la rédemption te soient aussi chers, ô mon Pere! que le premier enfant de la terre. Je veux que tous mes réconciliés se rassemblent autour de oi, qu'ils soient où je serai, & qu'ils me voient dans toute ma majesté, cette Majesté dont tu m'environnas avant que les cieux existassent! Le monde te méconnoît, Pere

» adorable ! mais moi, je te connois;
» J'ai développé à mes élus les pro-
» fondeurs du mystere de ma Mission
» & de ta Divinité, afin que l'amour
» dont tu m'as aimé, embrase leur ame
» immortelle, & qu'elle ne soit rem-
» plie que de moi. »

Après cette priere, l'Homme-Dieu se leva pour aller au-delà du Cédron, au-devant du jugement de Dieu. Ses disciples le suivirent. Le bruit des vagues de la riviere, & l'agitation des olliviers parvinrent bientôt à son oreille; alors il s'arrêta sur une colline, & dit à Gabriel :

» Dans le fond du jardin, sur le
» penchant de la montagne, est un lieu
» solitaire, couvert par des palmiers
» que la nuit cache à présent sous ses
» ombres; vas-y rassembler les anges. »

Il parla ainsi, & se prépara à consommer une action plus sublime que toutes celles qui se sont faites depuis la naissance des anges, depuis la création de la terre & des cieux, depuis toute l'éternité. Il s'avança en silence vers le terme prescrit par la Divinité. Il n'avoit pas besoin des regards la multitude, ni des applaudissemens qui retentissent si agréablement aux oreilles des hommes vains, de ces héros qui ne sont que poussiere. L'Eternel étoit seul, lorsqu'il tira du néant tous ces mondes divers qui accoururent à sa voix.

Fin du Chant IV.

CHANT CINQUIEME.

ARGUMENT.

Dieu descend sur le Tabor, pour juger le Messie. Eloa le suit de loin. Dieu s'approche de la terre. Il est rencontré par les ames de six sages Orientaux. Une de ces ames parle à Dieu. Le premier pere d'un genre humain innocent & immortel, entretient ses enfans de Dieu, en le voyant passer. Dieu arrive sur le Tabor. Tous les péchés paroissent devant lui. Eloa appelle solemnellement le Messie au jugement. Ses souffrances commencent. Il prie : il voit les tourmens des damnés. Adramélec vient pour l'insulter. Le Messie va trouver les disciples. La premiere heure est passée. Les cieux en sont le sujet de leurs chants. Le Messie se présente de nouveau au jugement. Abbadona arrive. Il reconnoît enfin le Messie qu'il avoit cherché long-tems. Il lui adresse la parole. Le Messie souffre & prie. Abbadona fuit. La seconde heure est passée. Les cieux la chantent. Le

*Messie va, pour la troisieme fois, au ju-
gement. Dieu envoie Eloa vers le Messie, qui prend, pour quelques momens
un air plus serein. Ses souffranc
augmentent. Tous les anges, excep
Eloa & Gabriel, se détournent. L
troisieme heure est passée. Les cieux
chantent. Dieu remonte vers son thrôn*

CHANT CINQUIEME.

JÉHOVA étoit assis au haut de son thrône, dans l'appareil imposant de toute sa Majesté. Eloa, qui étoit à ses côtés, lui dit : « Que ta face est redoutable, ô Eternel ! La terreur du » jugement éclate dans tes yeux ! Le » bruit effrayant d'un million de tonnerres gronde autour de toi, & se succede sans interruption ! La lumiere » des astres s'éteint par-tout où tu » portes tes regards ! Je n'entends plus » l'harmonie des spheres : les séraphins, les chérubins consternés gardent un profond silence. Aucun des » chœurs célestes n'ose entonner un » cantique à la louange du Fils de l'Eternel ! Tous sont prosternés devant » ton thrône, la face couverte de leurs » aîles ! Que médites-tu, grand Dieu ! » Vas-tu prononcer le jugement de quel-

» que monde ? L'image de la destruc-
» tion est empreinte sur ton front ter-
» rible ; tes regards sont ceux d'un
» juge !.. Te préparerois-tu à détruire
» l'empire de Satan, à frapper ce blas-
» phémateur, à l'anéantir, & le royaume
» des enfers avec lui ? Son nom dé-
» testé va-t-il être retranché du livre
» des êtres que tu as créés ? va-t-il être
» effacé du nombre des esprits vivans ?
» Le verrai-je bientôt étendu à tes
» pieds, expirant sous les traits de ta
» colere, & faisant retentir les enfers,
» les cieux & tous les globes de l'uni-
» vers, des rugissemens de sa rage &
» de son désespoir ? Si c'est-là le grand
» dessein que tu médites, ô Juge su-
» prême ! prête-moi tes armes, laisse-
» moi combattre, confie-moi ta fou-
» dre, remplis moi de ta force toute-
» puissante, & j'irai écraser jusques
» dans le séjour de la mort la tête su-
» perbe de ce monstre indompté. Que
» tu es terrible, ô Eternel ! Ton re-
» gard destructeur est celui d'un juge
» courroucé, inaccessible à la pitié,
» inaccessible à la miséricorde ! Depuis
» nt de siécles qui se sont écoulés sur
» ma tête, car mes jours ne sont pas

»comme ceux des malheureux mor»tels qui brillent un moment & se »dissipent bientôt en poussiere; de»puis tant de siécles que j'existe & »que je te contemple, ô Jéhova! je »ne t'ai pas encore vu sous un aspect »aussi redoutable! Le sombre juge»ment, l'affreuse perdition t'environ»nent de toutes parts! Cette face sa»crée, qui autrefois ne respiroit qu'a»mour, ne respire à présent que ven»geance!... & j'ai osé te parler, moi »qui ne suis qu'un souffle, que tu peux »dissiper comme le nuage leger dont »tu me tiras en me créant? moi qui »ne suis qu'un atome, un séraphin, »un être fini? Ne fais pas éclater ton »courroux contre moi, ô mon Pere! »Ne lance pas sur ton esclave ces re»gards effrayans que tu portes à pré»sent sur la terre; ne me détruis pas; »n'efface pas mon nom du livre des »immortels qui occupent un siége à »côté du throne de ta gloire!

» Le Messie, dit l'Eternel, s'est mis »entre moi & la nature humaine; je »descends pour le juger. Il est sur la »terre où il attend mon arrêt en

» Homme-Dieu. Viens, suis-moi, re» vêtu de toute ta beauté céleste. »

Après avoir dit ces mots, Jéhova se leva de son thrône ; les montagnes du Saint des Saints furent ébranlées ; l'autel du Médiateur trembla ; les nuages de l'obscurité sacrée s'agiterent : trois fois ils reculerent d'effroi, & laisserent à découvert la face du haut tribunal ; ses marches redoutables retentirent sous les pas de l'Eternel qui descendoit. Il prit le chemin bordé de soleils qui conduit vers la terre. Il rencontra un séraphin qui venoit de la quitter : il conduisoit les ames de six justes, qui, après avoir brisé les liens qui les attachoient à leurs corps mortels, prenoient leur vol vers leur patrie céleste. Les ames de six justes ! hélas ! l'enfer en reçut bien davantage ! Le séraphin les avoit revêtues de nouveaux corps, & avoit versé des rayons immortels sur ces corps qui, devenus immortels & dépouillés de tout ce qu'ils avoient de terrestre, planoient dans les airs, à ses côtés. Ces ames étoient celles de six sages de l'Orient, qui, conduits par une étoile qui les dirigeoit dans leur marche, avoient apporté, en même tems que les anges, leurs hommages & leurs adorations aux pieds de l'Enfant céleste.

Le premier s'apppelloit Hadad : il s'étoit endormi paisiblement du sommeil de la mort, sur le sein de sa bien-aimée, de sa vertueuse épouse, la plus belle de toutes les femmes qui habitoient la forêt de Béthurim. Elle ne versa point de larmes sur la perte de son époux : elle le lui avoit promis dans les transports d'un amour saint. Certaine de son immortalité & de celle d'Hadad, elle se seroit fait un crime de le pleurer : ils s'aimoient cependant plus que jamais mortels ne s'aimerent.

Sélima, pendant le cours d'une vie longue & orageuse, avoit été en bute à toutes les adversités humaines ; il les avoit soutenues avec courage & fermeté : il mourut, & son bonheur commença avec la fin de sa vie.

Simri avoit passé sa vie dans la sagesse, & en avoit consacré tous les instans à donner des leçons de vertu à ses concitoyens qui persisterent dans le vice. Il eut à sa mort, la consolation d'en toucher un, & de le ramener à la vérité : il couronna une vie sainte par une fin semblable.

Mirza mourut entre les bras de cinq enfans qu'il avoit formés à la vertu : il ne leur laissa point d'autre héritage.

Béled né sur le thrône, avoit sçu pardonner l'injure : il ne s'étoit vengé de son plus mortel ennemi, qu'en le comblant de bienfaits. Après l'avoir associé à son bonheur, & avoir partagé son empire avec lui, il eut la piété de lui fermer les yeux & de pleurer sa mort.

Sunith avoit chanté dans la forêt de Pharphar l'Enfant de Bethléem ; ses trois filles l'avoient chanté avec lui. O Sunith ! les cédres & les ruisseaux de Jédidoth ont pleuré ta mort ! Tes chastes filles couvertes de voiles lugubres ont pleuré sur ta tombe !

Telles étoient les ames que conduisoit le séraphin. Créées pour des biens supérieurs à ceux de la terre, elles avoient brisé leur prison avec joie, pour voler vers leur véritable patrie. Elles se hâtoient d'y arriver, lorsque leur guide vit passer la Majesté de Dieu, & s'écria : « Voilà votre Maî» tre, adorez ! ... » Sélima parla pour exprimer son ravissement, & fut étonné du son harmonieux de sa nouvelle voix.

» O toi que je vois enfin ! Source » sacrée de tous les êtres, quel nom » digne de toi pourrai-je te donner ? » T'appellerai-je Dieu, Jéhova, Juge » de l'univers, Créateur ? ou n'aimes-» tu pas mieux t'entendre nommer du » tendre nom de Pere ; de Pere du » Fils éternel qui naquit à Bethléem, » que nous y vîmes, & que les séra-» phins y vinrent adorer avec nous ? » Nous te saluons, Pere éternel d'un » Fils éternel comme toi ! Quand » j'étois sur la terre, je t'entendois » donner parmi les hommes le nom » de Bienfaisant ; pourquoi donc me » parois-tu si terrible ? Pourquoi tes » regards annoncent-ils la terreur & » la mort ? Vas-tu détruire le séjour » des pécheurs ? vas-tu anéantir ceux » qui refusent encore de connoître ton » divin Fils ? Ah ! tu ne les perdras pas ! » non, tu ne les perdras pas, puisque tu » as envoyé un Messie pour les sauver ! »

Cependant l'intrépide Eloa conduisoit à côté du chemin des soleils le char enflammé sur lequel autrefois il enleva Elie sur les montagnes de Dothan, à la vue d'Elisée. Une tempête, en mugissant, vint fondre contre lui; les aissieux de son char d'or en furent ébranlés; ses vêtemens & sa longue chevelure sembloient fuir & se détacher de lui comme des nuages chassés par l'Aquilon : le séraphin reste immobile; il présente sa main au devant de l'orage, le detourne, & suit les traces de l'Eternel, qui s'avançoit rapidement à travers cette immensité d'étoiles qui forment ce que nous appellons la voie lactée, & que les immortels appellent le lieu du repos du Seigneur, parce qu'il s'y reposa, après avoir achevé tous les ouvrages de la création. En traversant les airs, Dieu passa à côté d'un globe habité par des hommes d'une figure semblable à la nôtre, mais bien différens de nous, puisqu'ils étoient innocens, & qu'ils étoient immortels. Le pere de tous les habitans de cette terre heureuse étoit encore dans toute la force & la beauté d'une jeunesse mâle & brillante, quoiqu'il eût déja vû s'écouler sur sa tête un grand nombre de siécles. Sa vue n'étoit point affoiblie par les larmes & les années. Aussi sain, aussi frais que ses arriere-neveux

Il jouissoit du plaisir de les voir ; il jouissoit du plaisir de les entendre, de s'entendre appeller du doux nom de pere par toute sa postérité. A sa droite étoit son épouse, la mere de tant d'humains. Elle brilloit encore de tous les charmes dont l'orna la main du Créateur, lorsqu'il conduisit l'immortelle aux chastes embrassemens de son époux. A sa gauche étoit l'aîné de ses fils, l'image de son pere, & comme lui, plein d'une innocence céleste. Le reste de ses descendans dispersés autour de lui sur des collines riantes, s'instruisoit à la vertu, par ses leçons & son exemple. Les peres & les meres de ces contrées chéries lui portoient leurs enfans encore à la mamelle, pour qu'il les bénît. Il se livroit au ravissement de ce spectacle touchant, lorsqu'en levant les yeux, il apperçut l'Eternel, & s'écria :

» Prosternez-vous, mes chers enfans, adorez ; voilà votre Dieu, » votre Maître ; voilà celui qui nous » a crées tous, qui a couronné les » montagnes de nuages, & couvert » de fleurs toutes ces vallées. Mais il » n'a pas donné aux vallées, il n'a pas » donné aux montagnes une ame lui

» mortelle comme à vous. Il ne leur
» a pas donné non plus cette forme
» brillante dont il vous a revêtus, ni
» ce visage enchanteur sur lequel se
» peignent tous les sentimens de l'ame;
» ni ce regard animé, ce regard d'où
» partent des rayons de tendresse &
» de joie, lorsque la créature recon-
» noissante les éleve vers son Créateur;
» ni cette voix admirable, cet organe
» divin, destiné à chanter les louanges
» & les bienfaits de son Auteur. C'est
» lui qui me tira du sein de cette terre
» heureuse, & qui m'unit à votre mere
» qu'il venoit de former. Vous qui
» avez été témoins des merveilles qu'il
» a operées, cédres, sous les ombres
» desquels il s'est reposé, parlez. Tor-
» rent rapide sur les flots duquel je l'ai
» vu marcher, suspends ton cours; &
» vous, zéphyrs, célébrez-le par un mur-
» mure semblable à celui que vous
» excitiez dans les airs, lorsqu'il descen-
» dit de ces collines. Terre, arrête-toi;
» reste immobile en sa présence,
» comme tu fis autrefois, lorsqu'il passa
» au-dessus de ton globe, que les
» cieux roulans se répandirent autour
» de sa face sublime, qu'il tint & pesa
» le soleil dans sa droite, & les étoiles

»du matin dans sa gauche ! Oserai-»je encore porter mes regards sur »toi, ô Eternel ! Mais ordonne, ô »mon Pere ! que la nuit obscure qui »t'environne se dissipe ; éclaircis ce »front austere & redoutable dont au-»cun immortel ne peut soutenir la »vue ! Hélas ! que deviendront les »infortunés contre qui tu t'armes de »tant de courroux ? Ce ne peut être »des créatures que tu chérisses. C'est »sans doute contre un peuple de cou-»pables qui se sont soulevés contre »toi !... Se soulever contre Dieu !... »à peine puis-je en concevoir la pen-»sée.... Apprenez-le enfin, mes en-»fans, apprenez le terrible secret que »j'évitois de vous révéler, dans la »crainte de troubler la félicité dont »nous jouissons ici.

»A une distance infinie de notre terre, »est une autre terre habitée par des »hommes comme nous, & dont la »figure est en tout semblable à la nôtre ; »mais ils ont perdu l'innocence : ils ont »flétri l'image de la Divinité ; ils ne »sont plus immortels ! Vous ne con-»cevez pas comment un être créé »immortel, comment ce chef-d'œuvre

» du Tout-puissant a pu devenir mor-
» tel? Ce n'est pas l'esprit qui les anime,
» ce n'est pas ce souffle incorruptible
» & divin, qui est devenu mortel;
» c'est leur corps seul : il se dissipe en
» poussiere, & retourne à la terre
» dont il a été formé. Voilà, nos chers
» enfans, ce qu'on appelle mourir.
» Alors leur esprit dégradé de sa pre-
» miere beauté & de sa premiere inno-
» cence, s'échappe & paroît devant le
» tribunal de Dieu, pour y subir un ju-
» gement terrible.... Mais fuis loin de
» nous, triste pensée de la mort....
» Mourir !... cette seule idée fait fris-
» sonner un immortel... L'œil d'un
» mourant devenu insensible, se fixe
» stupidement, se brise & ne voit plus.
» Le ciel & la terre rentrent pour lui,
» dans une nuit profonde. Il n'entend
» plus la voix de l'homme; il n'entend
» plus les tendres gémissemens de l'a-
» mour ni de l'amitié. Sa bouche s'en-
» tr'ouvre & reste muette : sa langue
» tremblante & glacée, peut à peine
» bégayer les tristes, les derniers
» adieux. Sa poitrine haletante ne res-
» pire plus qu'avec un effort doulou-
» reux. Une sueur froide inonde son

visage livide & hideux. Le mouvement de son cœur se ralentit.... il devient insensible..... il cesse.... l'homme est mort!... la fille expire sur le sein de sa mere; le jeune homme, à la fleur de l'âge, est moissonné dans les bras de son pere; le pere, la mere, les consolateurs & les appuis de leurs malheureux enfans meurent au milieu des cris de leur famille désolée; l'épouse adorée périt dans les embrassemens de son époux. L'amour, ce sentiment céleste, est la seule image qui soit restée sur cette terre de sa premiere félicité, mais image imparfaite, & semblable à un tableau formé seulement par des ombres; encore n'existe t-il que dans le cœur d'un petit nombre d'hommes vertueux. Hélas! il ne les rend heureux qu'un moment!... un moment... & ils meurent... la mort les sépare à jamais... Dieu n'a pas compassion d'eux... il est insensible à ce sourire touchant, dont la pieuse épouse s'efforce encore d'adoucir la tristesse de son dernier adieu! Ces yeux mourans, qui ne peuvent plus verser de larmes; la crainte in-

» quiéte avec laquelle elle prie son » Dieu de lui accorder une heure » de plus, le désespoir d'un jeune » époux tremblant, qui la serre entre » ses bras; ce spectacle n'attendrit pas » le Juge suprême: il est sourd aux » cris de ces mortels que le tendre » sentiment de l'amour avoit élevés à » la vertu la plus sublime. »

Ainsi parla ce sage. Il fut interrompu par les pleurs & les sanglots de ses enfans, qui se précipitoient autour de lui. Les peres, les meres effrayés, serroient leurs fils & leurs filles contre leur sein. Les enfans embrassoient les genoux de leurs peres qui les arrosoient de leurs larmes. La sœur saisissoit la main de son frere qu'elle regardoit d'un air égaré. Le jeune époux tremblant serroit son épouse céleste entre ses bras: les mouvemens précipités du cœur de l'épouse frappoient contre la poitrine haletante de l'époux, dont le cœur agité bat avec violence contre le sein de son épouse. Mais le pere de cette sainte & nombreuse famille se ranima; & soutenant son épouse chérie, qui s'appuyoit sur lui, il dit:

» Veuille le ciel, que ce ne soit pas » contre

» contre les hommes dont je viens » de vous parler, que Dieu marche en courroux ! Mais, hélas ! peut-être ils ont irrité le Juge suprême ; peut-être descend-il vers eux, pour les exterminer tous ! O vous qui êtes nos freres ! vous qui autrefois étiez immortels comme nous, vous ignorez combien vous nous êtes chers ; vous ne connoissez pas la douleur que nous éprouvons à cause de vous. Si vous la connoissiez, vous n'auriez peut-être pas forcé votre Maître à descendre du ciel, pour venir vous détruire ! Freres trop tendrement aimés, ah ! si jamais la terre que vous habitez, devient votre tombeau ! si jamais Dieu vous ensevelit sous ses abysmes, nous vous pleurerons ici, & nous porterons souvent nos regards attendris sur votre terre où reposeront vos cendres... Mais, ô mon Pere ! tu as envoyé vers ces hommes ton auguste Messie ! Vas-tu donc les juger ? Tous les séraphins qui visitent nos contrées, nous entretiennent sans cesse de celui qui doit les racheter. Un jour, nous disent-ils, tous ces morts

» ressusciteront ; ils s'éveilleront pour » une nouvelle vie. . . . Ah ! mon Pere, » vas-tu les juger ? . . . Mais l'Eter- » nel détourne sa face de moi : il » descend vers la terre ; il est tou- » jours terrible. . . . Grand Dieu, tes » jugemens sont incompréhensibles ! » tes voies sont impénétrables pour » nous ! Mais tu es saint, mais tu es » miséricordieux. Gloire à toi, ô mon » Créateur ! Les habitans immortels » de ce séjour innocent t'adorent ; les » hommes que la mort frappe, t'ado- » rent étendus sur la poussiere : les sé- » raphins plus heureux, plus éclairés » que nous, t'adorent prosternés aux » pieds de ton thrône éternel ! . . . Il » se tut, & suivit des yeux la Majesté » divine. »

Dieu s'approchoit de la terre. Eloa l'apperçut du haut d'une montagne de nuages : il apperçut en même tems le Messie ; il s'arrêta aussi-tôt sur les nuës, fit retentir un coup de tonnerre, & dit :

» Quelle doit être la grandeur de » ton ame, ô Fils de l'Eternel ! puis- » que tu peux supporter un jugement » aussi terrible ! Ah ! si des êtres finis » pouvoient franchir ou reculer les

» bornes qui leur sont prescrites ; s'ils » pouvoient comprendre ce mystere... » pénétrer dans ses profondeurs.... » ô Divinité ! si les hommes.... ar- » rête Eloa.... voile ta face, & adore » en silence ! Bonheur à toi, ô race » d'hommes mortels !... vous touchez » au moment d'être aussi heureux que » moi ! »

Ainsi parloit le séraphin en regardant la terre, à laquelle intérieurement il souhaitoit toutes les bénédictions du ciel.

Dieu s'arrêta sur le Tabor ; & du fond de l'obscurité dont il étoit environné, il porta ses regards sur le globe de la terre. Il vit toute sa surface couverte d'autels élevés aux idoles ; il la vit couverte de pécheurs : il vit la mort, ce ministre impitoyable du Juge, qui planoit sut ses vastes campagnes ; il vit tous les crimes commis depuis la création, & tous ceux qui devoient se commettre jusqu'à la fin du monde ; tous les péchés des esclaves des idoles, & ceux des serviteurs de Jéhova : tous les péchés plus abominables encore des Chrétiens s'éleverent dans des nuages au-devant de l'Eternel. Son œil perçant, les découvroit dans ces replis ténébreux où la malice humaine tâche en vain de les ensevelir. Toutes ces pensées, tous ces sentimens criminels sur lesquels notre adresse jette un tissu délicat qui les fait ressembler à la vertu, parurent ce qu'ils étoient. Cet assemblage monstrueux étoit précédé par les forfaits brillans de ces ames vastes & sublimes, qui connurent la vertu dans toute sa beauté, & n'en suivirent pas les traces. Semblables à de superbes géans, les crimes heureux, ces crimes respectés parmi les hommes, marchoient à côté du tonnerre. L'austere conscience les appella tous d'une voix formidable devant le tribunal du Juge. Elle donnoit des noms à ceux qui n'en avoient point sur la terre où tout est méconnu, où tout n'est qu'illusion. Une accusation générale s'éleva vers le ciel. Les soupirs tremblans de l'innocence opprimée, les gémissemens des mourans sortirent des champs de bataille, & déposerent contre les rois. La voix du sang des martyrs retentissoit comme le bruit de la foudre, & pénétra jusqu'aux cieux

» O toi! crioient ces généreuses victimes, » toi qui siéges sur le thrône éternel, » & qui tiens dans ta main redoutée » la balance du grand jugement, » venge-nous, venge notre sang innocent; c'est pour toi qu'il a coulé.

Dieu, dans ce moment, tourna ses pensées sur lui-même, sur le nombre es esprits qui lui étoient restés fidèles, & pesa les pécheurs. Il frémit de ourroux. La terre en fut ébranlée jus- e dans ses fondemens; il la soutint e sa main, & arrêta cet amas de pous- ere prêt à se dissiper dans l'immenté de l'espace. Il tourna ensuite sa face ers Eloa: le séraphin comprit ses or- res, & quittant le Tabor, il s'éleva vers le ciel. C'est ainsi que s'éleva de l'ar- he de l'alliance cette nuée lumineuse i servit de guide au peuple d'Israël, orsqu'à l'ordre de Moïse il portoit se entes de déserts en déserts. Le séra hin s'arrêta sur un nuage obscur, rta ses regards sur la montagne des liviers, emboucha la trompette ef- ayante du grand jugement, & fit en- endre ces mots du côté de la terre:

» Au nom redoutable de celui qui

» est éternel, dont la justice & toutes » les actions n'ont de bornes que l'in» fini, qui tient les clefs des portes » de l'abysme, qui a allumé dans les » enfers un feu vengeur, & qui arme » la mort de ses traits destructeurs : s'il » y a quelqu'un sous les cieux, qui » veuille comparoître à la place du » genre humain, qu'il se présente de» vant Dieu. »

Ainsi parla le séraphin d'une voix tonnante. L'Homme-Dieu entendit la trompette du haut de la montagne des oliviers, regarda le séraphin en face, & continua sa marche d'un pas plus rapide à travers les horreurs d'une nuit obscure. Il étoit accompagné de trois de ses disciples ; mais il s'en sépara bientôt, pour s'enfoncer dans la solitude. Jéhova commença le jugement. ....

Muse de Sion, tu m'as conduit jusqu'au sanctuaire de Dieu ; mais tu ne m'as pas fait pénétrer dans le Saint des Saints. Quand j'aurois l'enthousiasme des prophetes, pour embraser & entraîner l'ame de l'homme ; quand j'aurois la voix sublime avec laquelle les séraphins chantent les louanges de l'Eternel ; quand j'emboucherois la trompette terrible, qui ébranla le mont Sinaï ; si mon bras lançoit des tonnerres qui fissent entendre des mots & exprimassent des pensées que es anges même ne peuvent exprier sur leurs harpes célestes : je ne suffirois pas encore, ô divin Messie ! à peindre tout ce que tu souffris, lorsque tu luttas contre la mort & que tu ne trouvas plus dans ton Pere qu'un juge inexorable.

O toi qui, lorsque le prophete intrépide de la premiere alliance osa souhaiter de voir Jéhova face à face, le cacha dans une caverne, jusqu'à ce que la Majesté de Dieu eût passé devant lui, & qu'il eût entendu sa voix, Esprit du Pere & du Fils, dalne me couvrir de tes aîles, & me mettre en sûreté sous leur ombre, tandis que je porterai mes regards sur le Fils de l'Eternel, livré aux douleurs de la mort.

La terre ébranlée jusques dans son centre, à l'aspect du Juge suprême, par des secousses sourdes qui se faisoient sentir jusqu'à sa surface, soulevoit en bouillonnant, la cendre des coupables enfans d'Adam, & agitoit les osſemens desſéchés qui repoſoient dans ſon ſein. Le Mesſie étendu ſur la pouſſiere, ne diſtinguoit plus aucun des objets dont il étoit environné : les yeux fixés ſur le Tabor, il ne voyoit que la face redoutable du Tout-puiſſant. Plein de trouble & d'inquiétude, couvert des ſueurs de la mort, immobile, les mains jointes, il étoit à l'extérieur comme un être inanimé; mais ſon ame ſentoit profondément. Les ſentimens qu'il éprouvoit, auſſi terribles, auſſi violens que les coups que frappe la mort, ſe ſuccédoient auſſi rapidement que les penſées de l'Eternel. Un friſſon douloureux étoit ſuivi d'un autre friſſon plus douloureux; toutes les horreurs du trépas tout ce qu'il a d'amertume, s'appeſantiſſoient ſur l'Homme-Dieu. En proie à toutes les ſouffrances, il reſtoit étendu ſur la terre, ſans proférer un mot; mais, comme ces ſouffrances devenoient toujours plus aiguës, ſa ſituation toujours plus pénible, la nuit toujours plus obſcure, & le ſon de la trompette toujours plus effrayant, le ſang coula du front du Meſſie avec la ſueur : il ſe leva avec effort de dessus la poussiere ; il étendit les mains vers le ciel, & répandit des larmes qui se mêlerent avec son sang ; & tourné vers le Juge, il adora, & dit à haute voix :

» A peine le monde étoit sorti du » néant, que son premier habitant fut » frappé par la mort, & tous les instans » furent marqués par le trépas de quel» ques pécheurs. Des siécles entiers se » sont écoulés de même, chargés de ta » malédiction. Maintenant, ô mon » Pere ! l'heure de la passion, cette » heure fortunée, que nous avions déja » fixée, avant qu'aucun mortel existât » & ne fût devenu la proie de la cor» ruption ; cette heure est enfin arrivée. » Je vous salue, ô vous qui êtes en» dormis dans le Seigneur ! je vous » salue dans vos tombeaux ; vous » vous réveillerez de votre sommeil. » J'éprouve comme vous le sort de » la mortalité ; aussi suis-je né comme » vous, pour mourir ! ... O toi dont le » bras levé sur moi, porte la terreur » dans toutes les parties de ce corps » formé de terre ! fais passer d'une aîle » plus rapide l'heure marquée pour mon » supplice ! Tout est possible pour toi,

» ô mon Pere ! fais-la passer promptement. Ta main guidée par la colere vengeresse, a versé sur moi le calice des souffrances. Me voilà seul, isolé, loin de toi, loin des anges que j'aime, loin des hommes que je chéris davantage, & que mon cœur s'étoit fait une douce habitude de regarder comme mes freres. Jette un coup d'œil de pitié sur cette malheureuse argille que tu vas juger. Qui sommes-nous? ô Jehova ! déplorables enfans d'Adam, nés pour souffrir & pour mourir, & trop foibles pour résister à la douleur, & pour soutenir l'idée de la mort !... Mais, que ta volonté soit faite & non la mienne : mes yeux éteints & couverts de la nuit du trépas, ne peuvent plus verser de larmes ; mes bras tremblans se roidissent en les étendant vers toi, pour implorer ton assistance ; & je tombe sans sentiment sur la terre, comme un mort dans son tombeau... J'entends retentir au fond de mon ame une voix qui me crie que je suis rejetté de mon Pere... Hélas ! avant que la mort eût établi son empire, lorsque la tranquillité du Pere

» se reposoit sur le Fils ! qu'Adam venoit d'être créé pour vivre immortel !.... Mais la Divinité n'habite-t-elle pas aussi dans ce corps formé de terre ? Ne suis-je pas éternel comme toi ? O mon Pere ! que ta volonté soit faite ! »

Ainsi parla le Messie : sa priere finie, il se releva péniblement, en s'appuyant sur ses bras chancelans, & jetta la vue sur le tableau effrayant de la mort éternelle. Il vit les ames réprouvées, qui maudissoient le jour de la création, & leur funeste immortalité. Il entendit retentir l'abysme des hurlemens sourds du désespoir & des cris perçans de la douleur. Il vit une foule d'infortunés, qui, ensevelis dans le calme affreux qui naît de l'accablement, soupiroient après le sommeil du néant, & se flattoient d'y tomber; mais ils ne restoient pas long-tems dans cette erreur, & se répandoient bientôt en blasphêmes & en imprécations contre le Créateur, à qui ils reprochoient de les avoir fait naître. L'Homme-Dieu fut sensible à leur malheur.

Du haut d'un rocher aride, Adramélec l'avoit constamment suivi des yeux : comme il descendoit du rocher, pour venir à lui, il apperçut sur son chemin un infortuné qui venoit de se plonger lui-même un couteau dans le sein, & qui nageoit dans les flots de son sang. A peine le coup mortel avoit été frappé, que la nature reprenant ses droits & frémissant de sa destruction, cet insensé remplit les collines d'alentour de ses regrets & de ses gémissemens. Ce spectacle affreux augmenta l'insolence d'Adramélec ; il en prit occasion de braver le Sauveur. Il s'avança orgueilleusement vers lui, & s'apprêtoit déja à lui faire entendre toutes les choses infernales, dont son ame perverse étoit remplie ; mais le Fils de l'Eternel jetta sur lui, dans ce moment, un de ces regards dont il consternera les pécheurs au jour du jugement. Adramélec reconnut son Maître, & resta anéanti. Il ne vit plus ni le ciel, ni la terre, ni le Messie ; à peine sçavoit-il s'il existoit encore : il prit la fuite, sans sçavoir qu'il s'enfuyoit.

Le Messie recueillit toutes ses forces, pour s'arracher à l'état douloucieux dans lequel il étoit, & se tourna du côté de ses disciples endormis, pour jouir de la satisfaction de contempler des hommes. Consolé par cette vue qui adoucissoit les souffrances qu'il venoit d'éprouver dans la solitude, il s'approcha d'eux sans bruit.

Les cieux alors se livrerent à des transports de joie, & célébrerent par leurs chants ce sabbat plus saint que le premier, & le second depuis la création de l'univers. Après le jugement, il sera remplacé par un troisieme, dont l'éternité sera la mesure, & le Messie lui-même l'instituteur & le pontife. Les chœurs célestes célébrerent, dans ce moment, l'heure la plus auguste de ce second sabbat : ils avoient été prévenus de l'arrivée de cette heure, par l'Eternel lui-même, qui, étant entré dans son sanctuaire pour établir la réconciliation, avoit dit ces mots :

» Lorsque vous entendrez les ton- » nerres retentir d'un pole à l'autre, » que l'harmonie des spheres se chan- » gera en un long mugissement sem- » blable à celui des vagues de la mer » en fureur, que les étoiles errantes

» trembleront d'effroi dans toute la » vaste étendue des cieux ; lorsque » vos ames seront saisies d'un sai» sissement inattendu, que vos cou» ronnes d'or tomberont tout-à-coup » de vos têtes, & que vos siéges d'or » s'abbaisseront sous vous, alors les » heures du jugement du Messie se» ront arrivées ; alors l'Homme-Dieu » souffrira. »

Les cieux pleins d'allégresse, s'écrierent : « Elle est passée, la premiere » heure des plus augustes souffrances ; » elle est enfin passée, cette heure qui » doit procurer aux saints le repos éter» nel ! »

Le Messie contemploit ses disciples plongés dans le sommeil. Il regardoit avec complaisance l'air sérieux & recueilli qui régnoit sur le visage de Jacques. C'est ainsi qu'un Chrétien s'endort paisiblement du sommeil de la mort. Pierre s'étoit endormi, appuyé sur Jean ; mais son air n'annonçoit pas ce calme intérieur & doux, qui respiroit dans celui de Jean.

» Quoi ! Simon Pierre, dit le Mes» sie ; quoi ! tandis que je souffre, tu

» m'abandonnes à moi-même, & tu te » livres au repos ? Ah ! bientôt ce re» pos fuira tes yeux noyés dans les lar» mes ! Veillez & priez, afin que le » tentateur ne vienne pas vous sur» prendre. Mais vous voudriez en vain » & prier & veiller ; vos corps d'argille » succombent, & le poids de la mor» talité opprime en vous vos ames cé» lestes ! »

Après les avoir considérés pendant quelque tems, il porta de nouveau la vue sur toute la race humaine, & vit d'un coup d'œil tous les hommes qui étoient nés depuis la création, tous ceux qui avoient péché, tous ceux qui étoient morts & qui ressusciteront ; & il retourna au jugement, afin de souffrir pour tous.

De l'autre côté de la montagne, Abbadona enveloppé dans un nuage épais, s'avançoit en disant en lui-même :

» Où le trouverai-je enfin l'Homme ? » où trouverai-je le Réconciliateur ? A la » vérité, je suis indigne de le voir ; mais » cependant Satan l'a vu ! où te cher» cherai-je, Homme divin ? J'ai parcouru » tous les déserts ; j'ai remonté à la source

» de tous les fleuves ! Mes pieds que » je ne posois qu'en tremblant sur la » terre, se sont égarés dans la solitude » des forêts. J'ai dit aux montagnes : » Abbaissez-vous, soyez sensibles à mes » larmes, laissez-moi jouir de la vue » de l'Homme divin, qui peut-être re- » pose sur vos sommets ! Mais peut- » être aussi, me disois-je, son Créa- » teur l'a-t-il conduit dans le silence, » sous l'ombre de l'étoile du soir ? Peut- » être entraîné par la sagesse & la mé- » ditation qui fuient le bruit, s'est-il » caché dans les cavernes de la terre ? » Mais je ne l'ai trouvé ni dans le voisi- » nage du ciel, ni dans le sein de la » terre ! Je suis indigne de contem- » pler ta face où brille l'image de la » Divinité ! Tu n'es venu que pour ra- » cheter les hommes ! La rédemption » n'est pas pour moi ! Tu es sourd à » à mes cris ; tu es insensible à mes » tourmens ! Ah ! tu ne rachetes que » les hommes ! »

En s'entretenant ainsi en lui-même, Abbadona arriva à l'endroit où les disciples s'étoient endormis : il fut frappé de la beauté de Jean ; il recula de crainte & de respect ; à peine osa-t-il prononcer ces mots à voix basse :

» Si tu es celui que je cherche, si » tu es l'Homme divin, venu sur cette » terre pour en racheter les enfans; je te » salue, créature pleine de charmes; » je te salue, aimable Rédempteur ! » Daigne recevoir l'hommage de mes » larmes & de mes regrets éternels. » L'innocence, céleste qui sourit dans » tes traits enchanteurs, annonce une » ame superieure à toutes les ames ! » Oui, c'est toi ; c'est toi que j'ai tant » cherché ! La douce tranquillité, cette » récompense de la vertu, s'exhale de » ton sein avec l'air que tu respires. Je » frissonne à la vue de ce calme heu- » reux qui semble couler de ton ame, » comme d'une source intarissable. » Ah ! détourne-toi de moi ! La félicité » dont tu jouis, déchire mon cœur, & » m'arrache des larmes ! »

Tandis qu'Abbadona parloit ainsi, Pierre s'éveilla ; & se tournant vers Jean avec inquiétude, il lui dit :

» Ah ! Jean, ah ! mon ami ! notre » Maître vient de m'apparoître en » songe ; & il a jetté sur moi un regard » triste & douloureux, où se peignoient

» à la fois le reproche & la com» passion ! »

Le malheureux Abbadona, en entendant ces mots, resta plein d'étonnement. A la faveur du silence de la nuit, il crut démêler, dans l'éloignement, les plaintes d'un homme mourant. Il prêta une oreille attentive, du côté d'où venoit cette voix dont les accens devenoient toujours plus lamentables & plus terribles. Il en fut ému, & resta quelque tems irrésolu sur ce qu'il devoit faire.

» Irai-je, disoit-il, vers cet infortuné » qui lutte là-bas contre la mort?... » Hélas ! il marchoit peut-être avec » confiance dans l'obscurité de la nuit, » & se hâtoit de venir embrasser ses » enfans bégayans sur le sein de leur » tendre mere, lorsqu'un ennemi qui » l'épioit sans doute, l'a frappé au » milieu des ténébres ! Peut-être toute » sa vie avoit-elle été consacrée à la » vertu, & dirigée par la sagesse ! Irai» je le voir ? irai-je être témoin des » angoisses d'un mourant ? irai-je en» tendre & recueillir ses derniers sou» pirs, voir ses yeux éteints se fermer » pour jamais, & la pâleur de la mort

» s'étendre sur ses joues flétries ? Sang » rédoutable de l'Innocent, tu vas » déposer contre moi devant ce Juge » implacable qui ne connoît point de » miséricorde ! Malheureux que je suis ! » j'ai moi-même conduit à la mort les » enfans d'Adam ! Sang .... ô sang des » hommes ! qui as été répandu, & tout » celui qui le sera dans la suite des » siécles, cesse de me poursuivre. » J'entends ta voix tonnante, j'entends » tes cris affreux s'élever contre moi » vers le ciel & demander vengeance ! » Pourquoi faut-il que je sois venu sur » la terre qui m'offre de tous côtés les » ossemens dispersés des malheureux » enfans d'Adam ? Ah ! je m'efforce » en vain d'en détourner mes regards » effrayés ; ma conscience, comme un » farouche satellite, les ramene mal- » gré moi sur ces tristes tombeaux où » sont couchées tant de victimes que j'ai » contribué à égorger ! Calme affreux » qui régnes sur ces habitations de la » mort, tu glaces mon cœur d'épou- » vante & d'horreur ! ... »

En proie à ces cruelles idées, Abbadona s'avançoit à pas lents vers l'endroit d'où partoit la voix mourante.

Il apperçut de loin le Messie; mais il ne distinguoit pas encore son visage sous la sueur & sous le sang dont il étoit couvert. Saisi d'une crainte inconnue, il n'osoit l'approcher & tournoit autour de lui, lorsque Gabriel tout-à-coup sortit des ténébres où il s'étoit retiré. Abbadona frémit & recula à sa vue. Le séraphin céleste, plein d'un saint respect, s'avança & inclina son oreille vers le Sauveur. Il retint des larmes prêtes à couler de ses yeux, & les fixa douloureusement sur lui d'un air pensif. De cette même oreille dont, à une distance infinie, il entend les pas de l'Eternel, & les chants dont les orions font retentir l'extrémité opposée des cieux, il entendit les vœux que faisoit intérieurement le Messie. Il entendit la marche pénible & lente de son sang qui circuloit avec effort de veine en veine. Il entendit les soupirs concentrés dans les profondeurs de son ame, les prieres qui s'en élançoient comme des traits de flamme; prieres plus agréables à l'oreille de son Pere, que tous les concerts qui célébrent sa gloire, & plus sublimes que la voix créatrice qui tira l'univers du néant,

Telle résonne harmonieusement aux oreilles de Jéhova sa propre voix, lorsqu'il se nomme lui-même du nom de Jéhova. Le séraphin attendri des souffrances secrettes qu'enduroit le Messie, se retira en frissonnant, éleva les yeux & les mains vers le ciel, & resta immobile dans cette attitude. Abbadona qui, à la vue de Gabriel, étoit resté les yeux fixés en terre, entendit & vit tout-à-coup au-dessus de sa tête les troupes célestes qui venoient adorer le Messie; elles exprimoient par leurs regards & par leur silence même les sentimens d'amour, d'admiration & de respect dont elles étoient remplies. Abbadona frémit & laissa tomber une vue mourante sur le Sauveur qui, dans ce moment, relevoit sa face sanglante & couverte des sueurs de la mort. Cet objet porta l'épouvante dans l'ame du malheureux Abbadona. Il resta immobile & sans sentiment. Il ne reprit l'usage de ses sens que pour laisser échapper ces tristes plaintes qu'il s'efforça en vain de renfermer en lui-même:

» O toi que je vois ici lutter contre » les horreurs de la mort! qui es-tu? Es-tu un des enfans de cette terre

» maudite ? Es-tu destiné à rentrer
» dans la poussiere comme toutes les
» créatures qui en sont sorties ? Es-tu
» prêt à paroître devant ton Juge ?
» Sens-tu l'approche de ton dernier
» moment ? & frémis-tu à l'aspect du
» tombeau qui va t'engloutir ? Sans
» doute tu es mortel.... Mais les rayons
» de la Divinité brillent dans ton hu-
» manité ! ton air annonce un Etre
» supérieur à tous ceux que la tombe
» enserre & que la corruption dévore !
» rien en toi ne décele un de ces pé-
» cheurs que le Très-Haut a rejetés.
» Tu es au-dessus de la condition des
» mortels ! Je démêle en tous tes traits
» un caractere de grandeur & de ma-
» jesté dont je ne peux sonder toute la
» profondeur, & qui n'appartiennent
» qu'à la Divinité. Qui es-tu ?... Ah !
» malheureux Abbadona, peux-tu le
» méconnoître ?... Tes yeux obscur-
» cis ne sont-ils pas frappés de sa res-
» semblance avec le Fils de l'Eternel ?
» Oui, c'est lui ! Il me semble le voir
» encore du haut de son thrône ter-
» rible renverser nos légions sous sa
» foudre dévorante, & nous poursuivre
» en vainqueur impitoyable. Je me

rappelle ce moment à jamais déplorable de notre rebellion ; je tournai la tête en fuyant, je vis derriere moi ce Fils de l'Eternel, le Ministre tonnant de son Pere. Il étoit sur le tribunal couvert de ténébres ; la nuit & le trépas étoient à ses pieds. Dieu l'avoit revêtu de sa toute-puissance, & l'avoit armé de la destruction, lui autrefois la source de la miséricorde & de la clémence. Le bruit de sa marche, & les coups qui partoient de sa droite foudroyante, ébranlerent la nature dans toute l'étendue de la création. Mais, environné d'un tourbillon épais, je le perdis bientôt de vue : entraîné sans sentiment parmi les orages & les tonnerres, je me trouvai dans les gouffres de l'abysme, sans avoir sçu comment j'y » étois tombé.... il me semble le voir » encore ! La face de ce mortel couché sur la poussiere, me retrace son » image !... Ah ! c'est le fils du Dieu » vivant, c'est ce Messie envoyé sur » la terre, c'est ce Juge.... Mais ce» pendant il souffre ! il lutte contre la » mort ! Les tourmens qui déchirent » son ame divine, paroissent infinis ! Il

» gémit étendu sur la terre, le sang » ruisselle de toutes les parties de son » corps ! Moi qui connois tous les » degrés de la douleur, qui ai éprouv » tout ce qu'elle a de plus cruel & d » plus perçant, je ne sçaurois me faire » moi-même une idée de celle qu' » éprouve.... Une foule de pensé » nouvelles, sublimes, mais impéné- » trables, se présentent confusément à » mes yeux étonnés, dans un éloigne- » ment obscur.... Ce Roi du ciel, ce » Fils de Jéhova, cette image éternelle » de son Pere, est-il descendu du ciel? » s'est-il fait homme ? ... Seroit-ce lui » qui souffre-là pour le genre humain?... » S'avanceroit-il vers le jugement à la » place de ses freres ? ... Si le souve- » nir des choses célestes n'est pas entié- » rement détruit en moi, je crois avoir » entendu autrefois parler dans les » cieux obscurément de ce mystere. » Ce que Satan convient lui-même » avoir vu sur la terre, confirme mon » idée. Non, je ne me trompe pas. » Tous ces esprits célestes qui viennent » lui rendre hommage & l'adorer, ce » frémissement, ce respect qu'éprouve » tout ce qui est autour de lui, annon-

» cent

»cent la présence d'un Dieu. Ah! si tu »es en effet le Fils de l'Eternel! si tu »cours te présenter au jugement, à la »place de tes freres mortels, par- »donne, ô Fils du Tout-puissant! si j'ai »osé porter mes regards sur toi, si tu »me vois ici tremblant à tes pieds... »Mais hélas! tu ne daignes seulement »pas lever les yeux sur moi; tu con- »nois cependant mes pensées les plus »secretes.... Permets à un infortuné »une plainte qu'il ne peut retenir.... »Pourquoi t'es-tu rendu le Sauveur »des hommes, & n'as-tu pas voulu »être celui des anges, créatures plus »parfaites?... Ah! si tu avois consenti »à te revêtir de notre nature, pour nous »racheter! si nous t'avions vu couché »sur les plaines du ciel, comme je te »vois ici couché sur la poussiere! si tu »allois, en notre faveur, au-devant du »jugement de ton Pere! si tu éten- »dois tes mains vers son thrône! si tu »l'implorois pour nous!... avec quels »transports je te bénirois, avec quelle »allégresse j'unirois ma voix aux harpes »des chantres célestes!... Mais puis- »que c'est pour vous seuls, heureux enfans d'Adam, puisse la malédic-

» tion engloutir dans ses feux éternels
» le premier de vous, qui sera assez lâ-
» che pour méconnoître son Rédemp-
» teur & pour outrager la vertu!...
» O vous! races futures de tant d'élus
» rachetés au prix du sang d'un Dieu,
» si vous profanez un jour ce sang,
» puisse-t-il alors n'avoir été répandu
» que pour votre condamnation, &
» pour votre mort éternelle! Que vos
» ames à jamais rejettées comme nous,
» par le meilleur & le premier de tous
» les êtres, soient déchirées sans cesse
» par la pensée désespérante des tour-
» mens de l'éternité! Alors je prome-
» nerai mes regards sur les régions de
» ténébres & de calamités; je compte-
» rai les plaies de vos ames immortel-
» les; j'applaudirai à la mort qui vous
» frappera; je bénirai les calamités sans
» fin, qui vous poursuivront. Je m'ar-
» racherai des gouffres de l'enfer, je
» m'éleverai jusqu'au thrône du Juge,
» & je lui crierai d'une voix que les
» cieux & tous les mondes enten-
» dront: Je suis immortel comme
» l'homme! Pourquoi as-tu racheté le
» pécheur? Pourquoi as-tu racheté de
» préférence à l'ange rebelle, l'homme

» que tu es obligé de punir ? L'en-» fer te hait, à la vérité; mais Abba-» dona, tu le sçais, ne trempe point » dans cette haine impie; tu connois » ses intentions, & ses pensées les plus » intimes, & tu lis dans son cœur, qu'il » n'est pas ton ennemi. Tu lui as vu » répandre trop long-tems & trop inu-» tilement, hélas! des larmes de sang » dont tu n'as pas été touché! Ayes » pitié de ses tourmens; il ne te de-» mande que de détruire sa malheu-» reuse existence dont il gémit depuis » tant de siécles! »

Après avoir ainsi exhalé sa douleur, Abbadona s'enfuit avec précipitation. Le Messie se releva une seconde fois de la poussiere, pour voir la face des hommes; & les cieux chanterent à l'instant: « La seconde heure des souf-» frances divines est passée; elle est pas-» sée, cette heure terrible, qui procure » aux saints le repos éternel! »

Le Messie s'éloigna bientôt de ses disciples, &, pour la troisieme fois, alla offrir en sacrifice à celui dont le bras redouté tenoit toujours la balance suspendue, & continuoit de faire entendre la voix de la malédiction & les foudres du jugement du monde. Tandis que le Sauveur souffroit, une nuit effroyable le couvroit de son ombre, semblable à cette nuit obscure & la derniere de toutes les nuits, qui sera suspendue aux voûtes des cieux avant le jour du jugement. Le jour se hâtera de lui succéder & bientôt le tonnere, & la trompette, & les campagnes retentissantes du choc bruyant de tous les ossemens dispersés, avertiront ce même Messie qui autrefois fut au nombre des morts, de venir présider au grand jugement.

L'Eternel, du haut de Tabor, jetta ses regards sur son Fils, & vit son front couvert des nuages de la mort. Eloa, dans un respectueux silence se tenoit au pied de la montagne. Sa tête étoit cachée dans une nuée obscure, & ses yeux étoient fixés sur la terre. Dieu l'appella; le séraphin plus prompt que l'éclair, monta dans la sainte obscurité qui entouroit le Tout-puissant, & se présenta devant lui. Dieu lui dit: « As-» tu été témoin des souffrances que mon » Fils a souffertes? Vas faire retentir à » ses oreilles des chants de triomphe » sur la réconciliation de tant de saints

» rachetés par ses souffrances & par » son sang, & sur la gloire qui l'attend » dans les cieux, lorsqu'il y régnera à » la droite de son Pere!...

» De quel nom te nommerai-je, ré» pondit le séraphin, quand j'irai exécu» ter ton ordre auprès de ton Fils?...»

» Tu me donneras le nom de » Pere!...» Eloa, les mains jointes, & profondément incliné, lui dit :

» Lorsque je verrai l'Homme-Dieu » nageant dans son sang & dans les » sueurs de la mort; lorsque je verrai » son visage, autrefois si serein, défi» guré par la douleur & par la terreur » de ton jugement, & que j'aurai peine » à démêler les traces de la Divinité » sous ses traits obscurcis; aurai-je la » force de parler? & mon cœur palpi» tant ne se refusera-t-il pas aux chants » que tu exiges que je lui fasse enten» dre? Ne serai-je pas saisi moi-même » de l'effroi que tu as répandu autour » de lui, & par l'image de la mort? » Ne tomberai-je pas sans sentimens à » ses côtés, étendu comme lui sur la » poussiere? O mon Pere! ô mon divin » Maître! daigne ne pas m'envoyer » vers le Messie; je suis trop foible,

» beaucoup trop foible pour lui chanter
» une victoire qui lui coûte tant de
» maux.... »

» As-tu oublié, Eloa, lui répondit
» l'Eternel avec bonté, celui qui éleva
» au-dessus des cieux ton courage en-
» flammé, & qui t'inspira des chants
» de triomphe, lorsque porté sur les
» aîles de la foudre tu poursuivis les
» troupes fugitives des anges révoltés?
» celui qui te donna la force de voir,
» sans en être ébranlé, l'impitoyable
» mort frapper le premier des humains,
» & après lui tous ses enfans? Vole! je
» te servirai de guide & de soutien; &
» si tu trembles encore, lorsque tu se-
» ras près de mon Fils, il t'apprendra
» lui-même à donner à tes sons trem-
» blans l'expression des chants de la
» victoire & du triomphe. »

Ainsi parla l'Eternel. Le séraphin, en descendant du haut du Tabor, excita dans les airs un murmure semblable aux flots écumans du Jourdain, & s'approcha à pas lents de la montagne des oliviers. Le souffle impétueux de l'Aquilon porta jusqu'à lui les prieres du Messie; il en fut à la fois rempli de surprise & d'admiration; mais, lorsqu'il apperçut son visage couvert de la pâleur de la mort, & qu'il le vit abandonné à lui-même dans les horreurs de la solitude, en proie à toutes les terreurs du jugement, le feu de ses yeux s'éteignit tout-à-coup, son éclat & sa beauté céleste s'éclipserent; il ne ressembla plus qu'à un mortel. Le Rédempteur leva sur lui un regard plein de majesté; & dans l'instant, le séraphin se trouva revêtu de toute la splendeur dont brillent les immortels. Il s'éleva, dans un transport d'allégresse, sur des nuages d'or, & chanta cet hymne du sein des nuages :

» O Fils de l'Eternel ! de quel état » douloureux ton regard vient de me ti- » rer? Heureux cent fois d'avoir été jugé » digne d'éprouver un moment moi- » même une partie de ce que tu éprou- » ves, d'avoir connu ce que tu souffres, » d'avoir pénétré, quoique confusément, » dans les pensées de l'Homme-Dieu à » l'heure de son humiliation & de ses » douleurs volontaires. Les pensées ac- » tuelles de la Divinité sont couvertes » du voile impénétrable des mysteres ; » elles sont enveloppées de la même » obscurité, dont s'enveloppe l'Eternel. » Sublimes pensées ! Aucun être fini ne

» peut vous entrevoir, & j'ai été jugé
» digne de vous appercevoir dans l'éloi-
» gnement & de sortir, pour un moment,
» du cercle des connoissances bornées,
» que la main de Dieu a tracé autour
» de nous! Moi qui ne suis qu'une om-
» bre vaine à côté de l'Increé, & qu'un
» atome dans le vaste systême de la créa-
» tion, semblable à cet astre qui se leve
» pour éclairer l'amas de boue sur le-
» quel rempent les mortels. Graces à
» toi, ô Tout-puissant! qui as daigné
» me tirer du néant; gloire aux Eter-
» nels, gloire au Pere & au Fils; &
» vous, sentimens sacrés, qui remplissez
» mon ame & que m'inspire la présence
» d'un Dieu souffrant, continuez à m'é-
» lever au-dessus de moi-même, &
» transportez-moi loin des bornes de
» mon être fini, jusqu'au sanctuaire té-
» nébreux où réside la Majesté divine.
» J'éprouve en ce moment le ravisse-
» ment qu'éprouveront un jour ceux
» qui ressusciteront pour la béatitude
» éternelle. Du même regard dont le
» Sauveur du monde vient de me tirer
» de mon anéantissement, ainsi, ô race
» d'Adam! il t'éveillera du sommeil de la
» mort: la même joie qui me pénetre,

» le sentiment de toute la félicité des » cieux descendront sur toi ; alors celui » qui maintenant est couché sur la poussiere, montera sur le thrône étincelant & citera tous les mondes à son » jugement redoutable, & il consumera » l'auguste alliance fondée sur les souf- » frances auxquelles il s'est livré. Avec » quels transports d'allégresse te verront » alors sur son thrône, tous ceux que » tu auras réconciliés! Avec quelle adoration, quel respect leurs yeux avides » chercheront & contempleront ces » plaies brillantes dont tu seras couvert ; ces plaies sacrées, gages d'un » amour qui t'a porté jusqu'à mourir » sur la croix. La trompette de l'ange de » la mort, & le tonnerre qui grondera » autour du thrône, se tairont pour laisser aux élus la douceur de chanter leur » bonheur & tes miséricordes ! Alors le » dernier jour de l'univers viendra déposer sa lumiere & s'éteindre doucement devant le thrône de l'éternité. » Alors tu rassembleras les justes autour » de toi, & tu te montreras à leurs » yeux dans toute ta gloire : ils sentiront qu'ils sont immortels ; ils sentiront que tu les aimes ; & ce ne sera

» que de ce moment qu'ils commen-» ceront à savourer les délices de la béa-» titude sans fin dans toute son étendue. » Ainsi l'a dit celui à qui les séraphins » donnent avec tremblement & respect » le nom de Jéhova, celui que les ré-» prouvés appelleront Juge, & que les » saints appelleront leur Pere. »

Ainsi chanta Eloa. L'Homme-Dieu jetta un regard plein de bonté sur le séraphin adorant; ensuite avec une sérénité & une constance divine il fixa ses yeux sur le Tabor.

Mais le jugement duroit toujours & versoit sur lui à grands flots, sans mésure & sans miséricorde, tout ce que la douleur a de cruel. Le Messie se prosterna, éleva ses mains vers le ciel, en les tordant violemment, & ne proféra pas un mot. C'est ainsi qu'un agneau immolé sur l'autel, s'agite dans son sang. C'est ainsi qu'autrefois Abel nageant dans son sang innocent, environné des ombres de la mort, cherchoit la lumiere du ciel à jamais éteinte pour lui, & couché sur la terre, s'y endormit du dernier sommeil, sans avoir la consolation d'exhaler son dernier soupir dans le sein de son pere. Tous les séraphins qui jusques-là avoient fixé leurs regards consternés sur le Réconciliateur, ne purent plus soutenir la vue de toutes les douleurs auxquelles il étoit en proie. Ils sentirent qu'ils n'étoient que des êtres finis; ils se détournerent & s'enfuirent avec effroi. Gabriel resta seul; Eloa resta aussi, mais si épouvanté qu'il cacha sa tête dans un nuage obscur.

La terre s'arrêta; le Juge prononça le jugement.... Trois fois la terre interdite voulut reculer de terreur, & trois fois la main de Jéhova la retint. Mais bientôt l'Homme-Dieu se releve comme un triomphateur, du sein de la poussiere, & les cieux firent entendre ces mots: « Elle est passée, elle est écoulée, la troisieme heure des plus hautes souffrances; l'heure qui apporte aux saints le repos éternel. » Ainsi chanterent les cieux, l'Eternel retourna sa face, & remonta vers son thrône.

Fin du Chant V.

www.ingramcontent.com/pod-product-compliance
Lightning Source LLC
LaVergne TN
LVHW020619110826
845149LV00002B/536

* 9 7 8 2 0 1 4 4 9 7 0 4 5 *